ヨーコちゃん、どーした⁉

雄獅戸 技闇
OSHITO WAZAYAMI

幻冬舎 MC

ヨーコちゃん、どーした!?

目次

第一章　始まり

「これ美味しいよ。食べない？」

「お口が……」

「口内炎？」

「うん」

「なんか長いね」

「明日歯医者さんへ行って診てもらう」

ヨーコはよく口内炎ができる人だった。


季節は秋だった。

翌日ヨーコは歯科医院に行った。その歯科医院は市川にあり、家からは遠く、電車で行くようだった。昔、知り合いのお嬢さんが勤めていたこともあり、以来ずっとそこに通っていた。

ヨーコは幼い頃、歯で相当苦労したらしく、歯に関して執拗なまでに注意を払っていた。息子が幼稚園の頃から、定期的にその歯科医院に連れて行って診てもらっていた。幼い息子は歯科検診が終わった後、近所のドーナツ屋さんでドーナツを買ってもらうのが楽しみで通っていたようだった。ヨーコや私と違って、生まれつき『きちんと』が好きな息子は、歯医者さんに、「三十分たったら食べていいよ」と言われると、その時間になるまで待ってから食べていたそうだ。息子はもう三十歳過ぎになったが、未だにその歯科医院に定期的に通っているらしい。

ヨーコが憂鬱そうな顔をして帰ってきた。

「舌がんだって言われた」

「えっ！」

「『息子さんに診てもらって相談して下さい』って。『紹介状はどこの病院でも書きます』って」

その歯科医師は、息子が医師になっていることを知っていた。息子は放射線科医で画像診断が専門だった。

ヨーコは息子に連絡し、会う日時を決めた。

当日、近所のスーパーで、息子の好きそうな食べ物と、いつも『お腹が空いた』と騒ぐ私のための食べ物を買って、車で息子のマンションに向かった。息子のマンションは湯島にあった。去年買ったばかりのマンションで、まだきれいだった。

私はこのマンションは苦手だった。私は自分でも驚いたり、呆れ返ったりするほど粗相の多い人間だった。気を付けてやっているつもりでも、何か汚したり、傷付けたりしてしまう。だからその新しいマンションでも何か粗相をしてしまいそうで、できれば近寄りたくなかった。

ヨーコと私は、息子の部屋のダイニングテーブルに並んで座り、買ってきた食べ物や飲み物をテーブルに並べた。息子が私のためにコーヒーを淹れてくれた。マグカップになみなみとコーヒーを入れて、キッチンから手で運んで私の前に置いてくれた。本当になみなみだった。こんな物をこぼさずに手で運んでくるなんて、私には信じられない。じっとコーヒーを見る。持ち上げただけでこぼしてしまいそうだった。どう考えてもダメそうなので、私はコップを持たずに、犬のように口を近付けてある程度まで飲んだ。熱い！　私の日頃の不器用さ、ドジさ加減を知っているヨーコと息子は、「ほらね」という顔で笑いながら私を見ていた。

息子は、少し食べ物をつまんでから、

「じゃあ、診ようか」と言った。

ヨーコはダイニングテーブルの椅子から立ち上がり、息子は机からペンライトを持ってきて、テーブルを挟んで反対側に立った。ヨーコは口を大きく開け、息子はペンライトで照らしながら口を覗き込んだ。

「ええっ……！」

息子が大きな声を上げた。私と違って、いつも冷静沈着な息子がこんな大きな声を上げるのを私は初めて聞いた気がする。

「もう一回診せて」

もう一度診た後、息子が考え込んだ。

「もっと初期かと思っていた。これはもうT3かT4じゃない！」

T3かT4？　いわゆるステージ3とかステージ4っていうこと？

「びっくりした。こんなに進んでいるとは思わなかった。普通の病院だと手術もしてくれないレベルだよ。……まあ奥の方だから、気が付きにくかったのかもね」

最後のセリフは、母親に対する彼の優しさだったような気がした。

「どこにしようか？　あんまり一般的な部位じゃないから、それなりの病院じゃないと、手術も難しいし、予後や合併症が心配だね」

息子は腕を組んでしばらく考えた。

「JK大の病院か、GA病院かなあ？」

どちらも息子が研修医の時、一週間に一日とか半日とかの単位で研修させてもらった病院だった。

「いつも手術をやっていて、慣れているとこじゃないと危ないよね。……GA病院にしよう。紹介状を書いてもらって、予約を取って」

翌日、歯科医院に電話をし、病院名を告げ、紹介状を作ってもらうことにした。ヨーコはもう動きたくない、ということなので私が紹介状を取りに行くことにした。そうだよな、突然のことでショックだよな！　泣いたり、叫んだりせずにいてくれるだけでもありがたいよな！

その歯科医院には私も二度ほど行ったことがあったが、場所を覚えているかどうか自信がなかった。私は記憶力がない。ヨーコに言わせると、「記憶力がないんじゃなくて、興味のないことは気にしてないからよ」ということだった。そうかもしれない。何とかたどり着いて紹介状をもらってきた。

次に、病院に電話して初診の予約を取った。息子にも、その日は勤めている病院を休んで付き添ってもらうことにしていた。しかし、新型コロナウイルス蔓延の真っただ中だったので、付き添いは一人に限定していると病院に言われた。付き添いは息子にしてもらって私は外で待つしかないな、と思った。

初診当日、ヨーコと私は電車で病院に向かった。

病院は家からは遠かったが、電車を選ぶと、一回の乗り換えで行けたので、比較的楽だった。一時間ほどで病院の最寄りの駅に着けた。

病院はその駅から歩いて五分もかからないところにあった。病院の入口前で待っていると、ほどなくして息子がやってきた。病院の入口には警備員が立っているし、入る時は、会社の入場のように、何の用か、誰が誰の付き人か、などといったチェックがあるんだろうな、と勝手に思い込んでいた私は、そこで息子にヨーコを託して別れた。私が付き添うより、息子が付き添う方が断然役に立つことは、火を見るより明らかだった。

　この場所は、まだ会社に勤めていた頃幾度となく来たところだった。その頃は、国際展示場駅を出ると、公園ともだだっ広い遊歩道ともつかない通りをひたすら歩いて展示会場に向かい、終わると来た道をひたすら歩いて帰っていった。だから、公園に隣接してホテルがあることも、大学があることも、オフィスビルが建ち並んでいることも全く記憶になかった。ましてやその向こうに病院があることも全く知らなかった。そう思って見ると、知った場所なのに全く新しいところに来たような気がした。ただ唯一記憶に残っているのは、喫煙所だった。そう、公衆トイレの裏に喫煙所があることは覚えていた。

　まず一服だな！　タバコを吸いながらこれからどうやって時間をつぶそうか考えた。病院はだいぶ長そうである。そうだ、ガンダムを見に行こう！　私はスマホで最寄りのゆりかもめの駅を探した。有明駅。こんなところにあったのか！　以前は全く気付かなかった。

　台場駅で降り、フジテレビの前を通って、ガンダムのあるところに行った。平日とはいえ人が本当にまばらだった。時折人を見かける、という程度だった。これも新型コロナの影響か？　近くのコーヒーショップでコーヒーを買い、しばしガンダムを眺めた。ガンダムは時折音を出し、部分的に点滅する。

さて戻るか！　地図を見るとまっすぐ歩けば有明にたどり着きそうだ。そんなに遠くなさそうな気がしたので、歩いて帰ることにした。途中で、ヴィーナスフォートというところに入ってみた。なんだ、この薄暗い空間は！　大観覧車の横を通り、運河を越える橋を渡って、ひたすら歩いた。失敗だった。思ったより遠い！　有明に戻り、昼食をとった。

まだまだ時間がありそうだった。次に何をしよう、新橋に行ってうろつくか！　ゆりかもめに乗って新橋に向かった。レインボーブリッジを渡る時、以前にヨーコと乗った時にヨーコが言った言葉を思い出した。「台風とか地震で、この橋の真ん中で電車が止まったら怖いね」

新橋に着いた。まずタバコだな！　タバコが吸える喫茶店に入って休憩していると携帯電話が鳴った。息子からだった。少し時間があり、外に出られそうだからどこかで話をしようと言う。今新橋で、戻るのに時間がかかると言うと、それを待っているほど時間はないとのことだった。いつも、いつも、なんて間が悪いんだろう！

再び有明に戻った。公園内をぶらぶらしていると、またしてもタバコの吸える喫茶店を見つけたのでそこで時間をつぶすことにした。なかなか終わったという連絡が来なかった。秋も終わりの頃なので、日も暮れてきた。五時を過ぎた頃息子から終わった、という連絡が来たので病院に向かった。

病院の入口に行くと、もう入口が閉まっていた。えっ、どうすればいいの？　しばらくうろうろしていると、横からヨーコと息子がやってきた。夜間出口から出てきたのだと言う。組織を採取したので、薬局に行って止血の薬を買わないといけないということだった。駅のそばに薬局があるとのことで、駅に向かった。

駅に向かう時、ヨーコに「タクシーで帰る？」と聞くと首を横に振った。

薬局で薬を買った。

「もし出血が止まらなかったり、具合が悪くなったら、救急車を呼んでこの病院に来ないとだめだよ」と息子が言った。

「分かった、今日はありがとうね」。ヨーコが息子に言った。

我々は臨海線、息子はゆりかもめなので、国際展示場駅の改札で息子と別れた。


タクシーにしなかったのは失敗だった！　帰宅時間なので、電車は混んでいた。長時間の病院の疲れと、気持ちの疲れで、ヨーコは立っているのがつらそうだった。途中で運よく席が空き、ヨーコが座れたのでホッとした。

その日は、ＣＴを撮り、組織採取をし、診察をしてもらったそうだ。幸いその後出血はなかった。

翌々日も病院に行った。今回はヨーコと私の二人だ。駅から病院まで歩いていく途中に、ジャガーとランドローバーを展示しているショールームがあった。私の影響で車好きになったヨーコは、近くを通りながら、「カッコイイね」と言って喜んだ。その後、病院に行くたびにそこを通るのが楽しみの一つになった。病院の入口では、アルコールの手指消毒と体温のチェックがあるだけで、誰が誰の付き添いかといった確認はなかった。初診の時もあんなに外で時間をつぶす必要はなかったのだった。

その日は、頸部超音波と診察があった。私は担当の医師に初めて会った。

「お父さんもお医者さんですか？」と聞かれた。

「いいえ、違います」と答えた。

前に撮ったCTの画像を見ながら、いろいろ説明してくれた。その後、舌をどの程度切除する必要があるか、図で説明を受けた。半分以上切除することになるらしい。

診察が終わった時看護師の説明があるというので、中待合で待っていると、看護師から、その後乳腺外科の受付に行くように言われた。乳腺外科？　乳がんもあるの？

乳腺外科の受付を済ませ、ヨーコの隣に座ると、ヨーコがぼそりと言った。

「ばれちゃったね」

ばれちゃったじゃねえよ、あんたの母親も乳がんだっただろうが！　そういえば、一、二年前から、ヨーコは風呂に入る時脱衣する洗面所のドアを全部閉め、パジャマを着終えてから出てくるようになったのを、私は薄々気付いていた。乳がんが外から見えるようになっていた、ということだったのか！　でも何故病院に行かなかったのだろう？

診察の順番を待つ間、ヨーコは立ち上がっていろいろ見て回っていた。しばらくすると私のところにやってきて、知っている男の人がいる、と言い出した。それは前にヨーコがピアノを教えたことのある人で、東北の大学に行き、今も東北の病院に勤めているはずの医師だった。

「どうしてここにいるの？」

「分かんない。でも下の名前まで同じなのよ」

またヨーコが立ち歩き、しばらくすると戻ってきて言った。

「本人を見たのよ。間違いないわ」

乳腺外科の先生は女医さんだった。患部を診るというので私は診察室から出て待合室で待った。その日、帰りは遅くなかったので電車も座って帰れた。

家に戻って、知り合いの医師がいることを息子に電話で話すと、

「それは、ちゃんと知り合いですと言った方がいいよ」とのことだった。

三度目の通院は、内視鏡検査、ポジトロン断層撮影（陽電子検出を利用した断層撮影）、乳がん組織採取、ＰＥＴ‐ＣＴ撮影と盛り沢山で、ヨーコは相当疲れた様子だった。

四度目の通院は、ＭＲＩ撮影だった。朝早いので、息子がヨーコと私の二人分、病院の近くのホテルの部屋を取ってくれた。泊まりとなるとヨーコは持っていくものが多く、大きな荷物になったので、ホテルには車で行くことにした。

「パパ、私をホテルまで送ったら、帰ってきて、雨戸を閉めて家で寝て。次の日、また雨戸を開けて、ホテルまで私を迎えに来て」とヨーコが言った。

「何で？」

「おばあちゃんが心配するでしょ」

息子が生まれた時から、家族の呼称は全面変更された。ヨーコはママ、私はパパ、我々の親たちはそれぞれおじいちゃんとおばあちゃんになった。私の両親とヨーコの父はすでに亡くなっていたので、おばあちゃんとはヨーコの母親のことだった。

我々の家とおばあちゃんの家の玄関はそれぞれ違う道路に面していたが、庭と庭がくっついており、通路と通用門があるため、行き来できる隣り合った家だった。いわゆるスープの冷めない距離の家だった。だから雨戸が開かないと、どこに行ったかおばあちゃんが心配するというのだった。この時点でヨーコは病気のことはおばあちゃんには全く話していなかった。

翌日、車でホテルに行き、二人分のチェックインをした。それから部屋まで荷物を運んだ。少しヨーコと翌日の打ち合わせをし、とんぼ返りで家に帰った。戸締りをして寝た。ヨーコが入院するとこういう生活か！

翌朝、雨戸を開け、ホテルに車で行き、ヨーコをピックアップして病院の地下駐車場に行った。停めたはいいが初めてなので、どこが入口なのか少し迷った。

ＭＲＩ撮影が終わり、車で帰宅した。家から病院はほとんどの区間高速道路が使えるので、混んでいなければ一時間ぐらいで行き来でき、下手をすると電車より早いぐらいだった。ただ道路は混んだりすると時間が読めないので、約束の時間がある時は使えなかった。

五回目の通院は診察と、手術をどうするかという相談だった。診察の時間に合わせ、息子には午後から病院を休んで付き添ってもらうことにした。待合室で診察の順番を待っている時、息子が言った。

「舌がんはともかく、乳がんは分かっていたよね？」

ヨーコは、知らん顔して横を向いた。息子はそれ以上追及しなかった。

「舌がんの原因は奥の銀歯だと思う」。息子が言った。

診察室に入ると、ＣＴの画像を見ながら医師と息子が話を始めた。もはや医師と患者の家族の会話ではなく、医師と医師の会話になっていた。

ヨーコと私は蚊帳の外状態で、どういう話になっているかよく分からないありさまだった。時々息子がかみ砕いて説明してくれた。

そうこうしているうちに乳腺外科の医師も来てくれて話し合いが続いた。頭頸外科の医師が頭頸外科の他の医師たちにも声をかけてくれ、部長先生も交えての相談になった。息子も交じってミニカンファレンス状態となった。問題は手術をどう行うかということだった。医師たちは舌がんと乳がんの手術を同時にやるかどうかで議論してくれていた。舌がんの手術は何時間ぐらい、乳がんは何時間ぐらいという話が聞こえた。二つ合わせると十時間を超える。部長先生が、そんなに長い手術は患者の負担が大きすぎるのではないか、と言ってくれた。

結局、どういう風に手術を進めるかは先生方で再度話し合って決める、ということになり、そこでは結論が出なかった。乳がんの方はあまりたちが悪そうではないので後でいいのではないか、というのが息子の意見だった。

六度目の通院では、入院することもあり消化器内科の検査をした。その後乳腺外科の診察、乳腺関連の超音波検診があった。

乳腺外科の診察の時、息子に言われたように、知り合いの医師がいることを告げると、医師は、「彼は最初から『俺のピアノの先生だ』と言っていましたよ」と言ってくれた。

手術の時はこの医師と同じチームとのことだった。

最後の超音波検診が終わった後、担当の技師に、超音波検診室の前の待合ソファーで待つように言われた。なんだろう？　と思ってしばらく待つと、ヨーコの知り合いの医師がやってきてくれ、ヨーコと親しく話をした。私も紹介された。この病院には国内留学のような形で一年間来ているということだった。乳腺外科の医師が段取ってくれたのだと思う。ありがたい！

その後入院の手続きをした。ヨーコは、シャワーやらアメニティセットや電気製品、ソファーなどがそろったホテルの部屋のような特室を希望した。入院調整は週末に行い、結果を入院前に知らせてくれるということだった。また連絡欄の筆頭は息子だった。そうだよね、息子の方が頼れるよね！

この六回の通院は十日あまりの間に行われた。ほぼ一日おきに病院に行ったことになる。

家に戻ると息子から、「入院する前に写真を撮っておかないと退院する元気が出ない。写真室を予約したから、家族写真を撮ろう」という電話があった。

通院、検査疲れと、精神的にも疲労しているヨーコは、最初そんな元気はない、と言っていたが、息子に強く言われ写真を撮りに行くことにした。本当に疲労していたのだと思う。私の提案なら、断固として行かなかっただろう。

翌日、おばあちゃんの家に行き、ヨーコの病気のこと、入院して手術しなくてはならないことを報告した。おばあちゃんもここ連日我々が出かけ、遅い日もあったりして何だろうと、心配していたという。話し終わると、ほとんど泣きそうだった。「人生の終わりに来てこんな不幸に見舞われるなんて」と嘆いた。

それから大急ぎで、入院の準備をした。ヨーコはあれもこれもと荷物が多い。足りないものを買いに行ったり等、大騒ぎだった。

「おじいさんが入院した時も、おばあちゃんが乳がんで入院した時も、私が病室を作ったのよ。なんで私は自分一人で病室を作らなきゃいけないの！」とヨーコが嘆いた。新型コロナの影響で、病室に家族は入れないという。猫の手以下とはいえ私が一緒に行ければ多少なりとも気が楽になっただろうに！

　息子が予約してくれた写真室に写真を撮りに行った。その写真室は、銀座の三越に車で行く時停める駐車場の真ん前のビルにあった。

　カメラマンが二人で、家族写真、ヨーコ一人の写真を撮った。いろいろなポーズをつけてくれて相当な枚数を撮った。撮影だけで一時間半ほどかかった。モデルさんて大変なんだなあ！　出ずっぱりのヨーコは大変そうだった。しかし、プロはさすがだなあ！　疲れ切ったヨーコを笑顔にして写真に収めてくれた。何十枚も撮った写真をすぐモニターに映して、七枚を選んだ、これも結構な作業だった。しかし、カメラが電子化したおかげで、その場ですぐモニター確認ができるとは便利になったものだ、と思った。

入院の準備は結構大変だった。用心深いヨーコはあれもいるこれもいるで、大荷物になった。手術の後、話ができなくなる可能性があるので、ハンディタイプのホワイトボードも用意した。また入院すると会えないので、テレビ電話をするために、タブレットPCを購入しヨーコに持たせた。

病院から電話があり、特室に入れるとのことだった。ヨーコは嬉しそうだった。

入院の日、大荷物を積んで車で病院に出かけた。荷物をカートに載せ、病院の地下駐車場からエレベーターで上がり受付を済ますと、そのまま病棟に上がるように言われた。特室のある病棟は病院の最上階だった。特室のある病棟はコンシェルジュがいるという。病棟入口にあるインターホンで名前を告げると、ドアが開いて、素敵な女性が現れた。ここ病院だよね？　ホテルじゃないよね？

ヨーコとはここでバイバイだった。自動扉の中には入れない。新型コロナのせいだ！

ヨーコはコンシェルジュに連れられて中に入っていった。私は扉の前で待つように言われた。しばらくすると看護師が出てきて、翌々日手術だが、その朝私はここに迎えに来るように言われた。

迎え？　なにそれ！　手術は舌がんのところだけ行うことになった、ということだった。

することがなくなった私は、車で帰宅した。一人きりの家はなんだか不思議な感じだった。

手術の前日から二泊分息子が病院の近くのホテルをとってくれた。朝が早いこと、結構時間がかかるから、私も疲れるだろうという配慮だった。前回と同じホテルだった。

ヨーコとは会えないが、ヨーコ、息子、私の三人でＬＩＮＥのグループを組んでいたので、それを使って会話ができた。全くありがたい！　前と違う部屋だったので、窓から見える景色や互いの食事などを写真に撮ってヨーコとやり取りした。ＬＩＮＥのありがたさを実感した。

翌朝、指定された時間に特室病棟の前の扉のところに行きインターホンで名前を告げた。しばらくすると看護師とヨーコが出てきた。カートにヨーコの荷物が積まれ、それを看護師が押してきた。私の顔を見ると、ヨーコは「おはよう」と言ってにっこり笑った。

エレベーターで手術室のある階に行った。そこでPHSと思われる携帯電話を渡された。手術が終わったり、何か緊急連絡がある時それで呼び出す、という説明を受けた。看護師に付き添われてヨーコは手術室の扉の中に入っていった。そうか、生きて会うのはこれが最後という場合もあり得るもんな、だから付き添いか！

私はヨーコの荷物を渡され、他に患者の家族と思われる二組の人たちとともに、別室に案内された。そこで看護師長から、手術の後ICUに入るため、いつ頃病棟に移り、連絡が取れるかなど、今後の予定を説明された。その後係の人がヨーコの荷物をロッカーにしまうのを確認した。

一階に降り手術が終わるのを待つことにした。その病院の一階には、コンビニ、レストラン、コーヒーショップ、そして比較的広い休憩所があるので、そこで飲食し、手術の終了を待つことができる。ただし、タバコは吸えない。病院だから当たり前だが、私にはつらい！　時間つぶしにと思って本を持参してきたが、駄目だ、全然頭に入ってこない！　昼食をとり、コーヒーを飲み、その辺をうろついたり、座ってじっと外を見たりするが、なかなか時間が過ぎない。秋の夕暮れは早い。なんだか夕暮れの感じになってきた。四時を過ぎた頃、執刀医の先生から電話があり、手術室の階にある面談室に来るように言われた。

エレベーターに乗り、その階の面談室に行った。執刀医の頭頸外科の医師がテーブルの前に座っていた。どうぞと言われて対面に腰掛けた。目の前のトレーに、ヨーコの切除部が載っていた。えっ、これは舌全部じゃないの？　歯も左側の半分があるよ！　医師は、手術はうまくいった、ただがんの進行が非常に速くて、思った以上に切除しなければならなくなった、と説明してくれた。そんな！　どうなっちゃうの？　私は、切除部といったこの手の物を見るのは苦手だったが、そうも言っていられない。医師の許可を取って、切除部の写真を撮らせてもらった。一通りの説明が終わった後、医師に朝と同じ待合室で待つように言われた。

待合室は、今回は私一人だった。相当長い時間待った。忘れられたかな？と思った頃、看護師がやってきた。ヨーコが麻酔から覚めたので、顔を見せてくれると言う。ただし、新型コロナ禍なので、モニター越しの面会とのことだった。後についていくと、分厚い鉄の扉の前で、看護師がインターホンで中の人とやり取りしていた。しばらくすると看護師が持っているタブレットのモニターにベッドで寝ているヨーコの顔が映った。「ママ！」と呼びかけた。モニターの中でヨーコは大きな目をさらに大きく見開いて、口を動かした。「パパ！」と言ったのが聞こえたような気がした。「ママ、ママ、ママ、よく頑張ったね」。そんな言葉しか出てこない！ヨーコは頷いたように見えた。看護師に促されて、モニターに映るヨーコの顔の写真と、短い動画を撮った。スマホは便利だ。「ママ、ママ、ママ、よく頑張ったね」。同じセリフしか出てこない。しばらくヨーコの顔を見て、「また来るね」と言って面会を終了した。看護師が、麻酔明けだから今のことは覚えていないかもしれません、と言った。後でヨーコに尋ねると、この時のことははっきり覚えていて、私の顔を見て安心したと言っていた。

なんだか力が抜けたような私は、また一階に降り、椅子に座って、ヨーコの切除部の写真と、面会時のモニターの写真と動画を息子に送った。病院を出て、タバコの吸える喫茶店に入り、コーヒーフロートを飲みタバコを吸った。

待てよ、歯を半分と舌をほとんど切除したわけだから、顔にフランケンシュタインのような傷が残るんじゃないか？　もしそうならヨーコは病気よりそれに耐えられないかもしれない！　ホテルに帰って、スマホで撮った写真を見た、モニターに映っている範囲では顔にそういった傷は認められなかった。どうやったんだろう！　どんな手品を使った？　それは良かったとして、舌をほとんど切除したのでは、あのおしゃべりなヨーコが話せなくなるのか？　それは本当に苦痛だろう。さらに食べ物の味が分からなくなったらどうしよう。ヨーコは、料理は好きだが、自身は食べるのがあまり好きではない。最近は夕食をほとんど食べていなかった。これで味が分からなくなったら、本当に食事が嫌いになってしまうのではないか、と心配になった。

手術時の切断部については、後で分かったことだが、首の耳の下あたりから縦に切り傷があり、横は首のしわに沿って切断箇所があった。なんと上手な！　スカーフを巻けばほとんど分からないようにしてくれていた。

ＩＣＵから一般病棟に移ったという連絡があり、預かっていたヨーコのスマホを届けに病院に行った。術後管理等があるのか、今回は特室ではなく、頭頸外科関連の患者が入る一般病棟の個室だった。その階でエレベーターを降り扉の前のインターホンで来院を告げた。今度の病棟の自動扉は中央部が縦長のガラスになっており病棟の中が少し見えた。見える範囲は休憩所なのか、ソファー、椅子、そしてテーブルが見えた。

しばらく待つと、看護師に連れられて、ヨーコが点滴のキャスター付きスタンドを押しながら現れた。マスクをしていたが、私の顔を見ると嬉しそうに笑ったのが分かった。

〝パパが来てくれて嬉しい。頑張ったよ〟とボードに書いた。「ママの顔が見れて、嬉しいよ、頑張ったね」。スマホを渡した。ボードに、〝ホワイトボードは書いた後、消すのが大変。300円ショップにさっと消せるのがあるというから、今度買ってきて〟と書いた。

おしゃべりなヨーコが口をきけないから、これだけの内容をボードで私に知らせるのも一苦労だった。ヨーコはじれったさにいらいらしながら、ボードにペンを走らせた。ヨーコが欲しいというのは、子供の頃遊んだ、黒い粘性の下敷きの上に半透明のセロファンが貼ってあるものかと想像した。昔、字や絵を描いた後そのセロファンの片側をめくると字や絵が消えてまた描けるといったものがあったが、そういった物のことなんだろう。名残惜しいが、本当は面会してはいけないところを連れてきてくれたんだろうから、早々に引き上げることにした。私がエレベーターを待っている間、ヨーコは閉じた扉のガラス戸越しに、ずっと私にバイバイしていた。

病院を出て、いつもの喫茶店でコーヒーフロートを飲みながらタバコを吸っていると、ヨーコからＬＩＮＥが入った。

〝パパ、今日はありがとう、今何してる？〟

〝コーヒーフロート飲んでる〟

〝いいな、ヨーコも飲みたい〟

翌日、ヨーコが欲しいというものを探しに、３００円ショップなるものをいろいろ見て回った。３００円ショップはまだ数が少ない。分かる範囲でいろいろ見て回ったが、家のそばの３００円ショップは、衣類や食器、かわいい小物が主で、目指す文房具関係の物はどこも置いていなかった。

まだおもちゃとして売っているかもしれない、と思い、最寄りの駅の近くにあるイオンのおもちゃ売り場に行った。確かに売っていた。しかし、描ける部分がＢ４判の画用紙サイズの物しかなく、大きい。その上、おもちゃだから仕方ないが、周りにアンパンマンなどがデザインされた大きなプラスチックの枠がついていた。昔のようにセロファンをめくるタイプではなく、ついているピンをスライドさせると、字を書けるところの下に通してある棒がスライドして文字が消えるものだった。

大きすぎるな、アンパンマンじゃねえ。これはヨーコに聞かないと、ということで、スマホで写真を撮った。近くにいた店員に怪訝な顔をされた。ウーン！と思いながら、文房具コーナーも覗いてみた。あれ？　なんだ、これは？　B5判サイズぐらいの大きさで、備え付けのペンで書くと、字が書け、スイッチを押すと、パッと一瞬光り文字が消えるものが試供品として展示してあった。液晶を使った仕掛けらしい。偏光板に挟んだ液晶に電圧をかけ一方向にそろえておき、そこにペンなどで字を書くと筆圧で液晶の配列が乱れ、周囲と違う色になる、という仕掛けだ、と想像した。スイッチを押すとその瞬間だけ電圧がかかりまた液晶の向きをそろえる、すなわち白紙に戻る、という仕掛けだろう。コンパクトだし、おしゃれだし、これだ！ということで、それを購入した。周辺が黒とピンクがあったが、ヨーコはピンクだろう。

家に帰り、実際使いながら順番に写真に撮り、ヨーコに転送した。〝素敵、嬉しい、これにする〟という返事が返ってきた。

また足りない衣服や物があるから、それらを持ってきて欲しいという連絡があった。間違いがあるといけないので、当該品の写真を撮り、ヨーコに転送して確認を取った。毎朝、起きるとすぐ、〝おはよう〟と送るのが習慣になった。息子も合わせて、挨拶やら、具合を尋ねる、というのが家族の日課になった。新型コロナで会えないが、LINEで会話ができるので、本当に良かった。

翌日、言われた衣類などを持って病院に行った。以降、あれが欲しい、これが欲しい、汚れ物がたまったから取りに来て、といった具合で毎週二、三回病院に行くようになった。荷物を持っていくと、看護師によってはヨーコを連れてきて会わせてくれることもあった。その都度ヨーコは、〝パパの顔を見ると嬉しい、安心する〟と書いてくれた。

ヨーコは自分の食事を写真に撮って送ってきた。味は分かるという。良かった！　でもほとんど液体の物だった。舌がないからしょうがないよな。それらをスポイドという、スポイトの大きいもので喉の奥に流し込んで食事をするのだという。スポイドは、柔らかいプラスチック製で、十五センチほどの長さのちょうど手で握れる大きさの丸いボトルがあり、その先に同じプラスチック製でネジのように回してボトルと脱着できる栓と長いストローが一体になったキャップの二つをつなげて使用する物だった。

〝手が疲れるのよ〟と送ってきた。また〝パパは何食べるの？〟と聞いてくるので、私も、自分で作った生姜焼きやら焼き魚やら、食事の写真を撮って送った。

ヨーコはスポイドでしか食事ができないから、家に帰ってきたら、ミキサーかなんかで粉砕したものしか食べられない。家にミキサーはあるが、重いし、あとの掃除が大変だ。何かいいものはないか、とスマホで調べた。ミルサーという商品名の物が目についた。小型で、説明を読むと、音が静かで、使用後の洗いも簡単そうだった。これだ！と思って、そのことをヨーコに連絡した。すると、〝それ買ってあるよ。和室にあるから探してみて〟という返事が返ってきた。

探すとあった、なんと準備のいいことか！

ヨーコが帰ってきた時の練習で、ジャガイモのスープとかクリームシチューとか肉じゃがとかを作った。ジャガイモのスープはいつも作るオニオンスープの玉ねぎを、細かく切ったジャガイモに替えるだけだった。クリームシチューは作ったことがないので、ヨーコが買い置きしていたルーの箱に書いてあるレシピ通りに作った。肉じゃがは、肉、ジャガイモ、ニンジン、玉ねぎを少し大きめに刻んで煮込み、酒、みりん、醤油で味をつけた。しらたきも入れたかったが、粉砕が難しそうなので今回はやめにした。

それぞれでき上がるたびにおばあちゃんのところに持っていって味見をしてもらった。

「あら、こんなのも作れるの。あの子のために？　嬉しいわ。美味しそうね、後でいただくわ」と言って受け取ってくれた。

食べてくれた後、「美味しかったわよ」と言ってくれた。とりあえず合格のようだった。

ヨーコはだいぶ回復してきて、食事ができるため点滴も外れたようで、病院の五階にある空中庭園を散歩するようになった。そこの、草花などの写真を撮って送ってきた、時折、それらをバックに自撮り写真も送ってきた。マスクをしているが、だいぶ元気そうな顔に思えた。

そんな日々がしばらく続いた。ある晩、雨戸を閉めて、テレビを見ながら、夕食は何を食べようかな、と考えていると、私の携帯電話が鳴った。相手はヨーコだと表示された。えっ？

「もしもし」

「パパ！　ヨーコよ、分かる？」

いつものヨーコの声ではなかったが、内容は聞き取れた。

「うん、分かるよ、分かる！」

「看護師さんに、もうだいぶ話せるようになったから、電話してごらんなさい、って言われたの。パパ本当に分かる？」

時折、聞き取れない発音があったが、九割以上聞き取れ、話の内容はほとんど分かった。

「うん、分かる。ほとんど聞き取れる」

「良かった。嬉しい」

「本当、嬉しぃよ」

良かった！　涙が出そうなほど嬉しかった。これだけ聞き取れれば十分だ。少なくとも、私との会話は十分成立する。

話ができるようになったので、それから幾度かヨーコとテレビ電話をした。おばあちゃんも加わった。

おばあちゃんは、「ヨーコの顔が見える。声も聞こえる」と言って喜んだ。「少し元気そうになったわね」とも言った。しかし途中からヨーコが病気になったことが悲しくなってしまったと言い出した。逆にヨーコが励ましていた。

季節は流星群の頃だった。ヨーコがＬＩＮＥを送ってきた。

〝夜になると、患者さんや先生方が、空中庭園に望遠鏡を並べて天体観測するのよ。みんなすごく大きな望遠鏡なのよ。あんなのどうやって持ち込むんだろうね。私もちゃっかり交じって、いろんな人に、望遠鏡を見せてもらったり、教えてもらったりしたの。とってもきれい、楽しかった。お互いに会話ができないから、身振り手振りで話すのよ〟

愛想のいいヨーコがおじさんたちの間に交じっていろいろ見せてもらったり、教えてもらったりする様子が目に見えるようだった。

ヨーコから、また特室に移れたという連絡があった。とても嬉しそうだった。

元生徒だった医師がちょくちょくヨーコの病室に顔を出して、いろいろな話をしてくれるという。家族とは面会禁止だったから、それは大層ありがたいことだった。

そんな風に病院生活が過ぎていった。

＊＊＊

フィジクス（ｐｈｙｓｉｃｓ）を物理、あるいは物理学と和訳したのは誰だろう？意味もなく、和訳の漢字の意味にこだわると、物（もの）の理（ことわり）あるいは物のことわりの学問ということになる。少し物理をかじったことがあるが、理を皆教えてくれるようには思えなかった。

ニュートンは、『力が加えられないと、止まっている物はそのまま止まり続け、動いている物はそのまま一定の速度で動き続ける、という慣性の法則』、『物に加えられる力は、加速度と質量を掛けたものになる、という第二法則』、そして、『物に力を加えると加えた側に方向が反対向きの同じ強さの力が返ってくるという、作用反作用の法則』の簡潔な三つの法則で、日常的な物の運動についての基本法則を与えた。その第二法則の式たるや、簡潔で美しい、いわゆるエレガントな式の筆頭のように思える。

ただこれらの簡潔な法則も、実際の現象に当てはめようとした途端、非常に複雑な式になることが多い。さらにその式を解こうとすると、めまいがするほど難しいことも多い。その式を解くために編み出されたとしか思えない数学も数多くあるように思う。

とはいえ、それらを懸命に解き応用することで、現代の多くの物が成立し、動き、心地の良い生活を与えてくれている。有名な逸話にあるように、リンゴは地面に落ちるが、月は何故落ちてこないか?ということも明快に説明してくれる。

リンゴは地球の重力というものに引かれて地面に落ちる。ニュートンは全ての物質にこの重力のように互いに引き合う力があるとして、万有引力なるものを仮定した。例えば、缶にひもを括り付けひもの他端を持って振り回すと、缶は円運動をする。ひもがなければ缶はまっすぐ遠くに飛び去ってしまうが、ひもがいつも缶を手元に引っ張っているので、飛び去らず円運動になる。表現を変えると、缶はいつも手元に向かって落ちている、とも言える。この例の、缶が月で、手元が地球、ひもは地球と月が互いに引っ張り合う引力である。もし万有引力がなければ、ひもが切れた缶のように月はどこかに飛び去ってしまう。空にぽっかり浮かぶきれいな月も、リンゴと同じように、いつも地球に向かって落ち続けることで円運動をして地球を回っていることになる。このおかげでいつも月を見ることができるわけである。

このように、万有引力があると仮定するニュートン力学によってこれらが解釈される。事実そうなのだと思う。しかし物理は、何故万有引力があるのか?という問いには答えてくれない。

ローレンツは、電子のように高速で動く物の移動距離は、光の速度（光速）を定数として含む式に変換すると電磁気学上矛盾が起こらないことを見出した。この式をローレンツ変換という。この式はローレンツ自身がいぶかったという話さえある。

アインシュタインは、結果として、このローレンツ変換を電磁気学だけでなく日常のいわゆる力学の世界に持ち込むことによって相対論を展開した。数々の観測データによって、この相対論が正しいことが実証され、今では当たり前の理論とみなされるようになった。ただし、その仮定として用いた、誰から（どの観測者から）見ても光の速度が一定なのは何故か?という問いには答えてくれていないように思える。

さらにアインシュタインは、止まっている物質にもエネルギーがあることを示した。これは静止エネルギーと呼ばれるもので、その物質の質量と光速の二乗を掛け合わせたもので表される。またしても光速である。私たちが日常使う、メートル、キログラム、秒という単位を使って光速を表すと、およそ三×十の八乗という値になる。静止エネルギーで使うのはその二乗であるから、およそ九×十の十六乗になる。すごく大きな値である。万とか億とかの和数字で表すと、およそ九京になる。これも日ごろなじみがないほどの大きな数である。物は存在するだけでこのような大きなエネルギーを持っていることになる。ほんのわずかな質量（小さくて軽い素粒子など）をこの世界から消滅させるだけで莫大なエネルギーを手に入れることができる。これが原子力である。

余談になるが、この原子力の存在を知る前、太陽は私たちが日ごろ使う火のように化学反応で燃え、光っている、と考えられていた。化学反応で燃えているとすると、太陽は宇宙時間ではあっという間に燃え尽きてしまう。これに気付きまじめに計算した学者がいたとすれば、おそらくパニックになっただろう。すでに燃え尽きているという計算結果になったかもしれない。毎日空を見上げ太陽が輝いていることを不思議に思い、かつホッとしたに違いない。

このようにいたるところに光速の定数が現れるが、それが何故か教えてくれない。

電磁気、そしてそれを知り電磁気学を研究応用することにより、現在の我々は大きな恩恵を受けている。電気のない生活は考えられない。電磁気によってワイヤレスでスマホが使え、テレビが観られ、等々、である。

しかし、何故電荷なるものが存在するのか？　さらに何故正と負が存在するのか？　何故磁気はN極とS極を持つのだろう？　引力には同じほどの強さの斥力はないのに？

量子力学は、原子中の電子が、何故原子核の陽子に電気的に引き寄せられ一体化しないのか、すなわち何故、（少なくとも我々が知っている）原子がすぐに消滅しないのか？　原子や分子が存在し続けられるのか？　ということを説明してくれる。

電磁気学では、原子の中で原子核の周りを回る電子は電磁波を出してエネルギーを失い原子核の中に落ち込んでしまうことになる。しかし量子力学では、原子の中の電子は決められた位置（とびとびのエネルギー準位）にしか存在できないため、原子核に取り込まれることはない、と教えてくれる。

しかし、量子（粒子）と言いながら、その数学書式（数学語）は何故波動関数（波が動くさまを表現する式）になるのだろう？

量子力学は、『何故？』の宝庫である。例えば、この世界では物質（例えば電子）の存在は確率で、その波動関数の絶対値の二乗で与えられるという。

存在が確率？　何故？

これらの私の疑問のいくつかは、私が知らないだけで、すでに答え、解釈があるのかもしれない。しかし、全てが明確になっているとは思えない。そして私が生きている間に、私がそれらの答えを知ることはできないように思う。それで、私は何の根拠もないが、空想でも、でたらめでもいいから、それらの理を考え、自分だけでも納得しよう、などと、馬鹿げたことを考えるようになった。

第二章　再発

ヨーコの退院の日が決まった。クリスマス前だった。ヨーコは入院する前、「退院する時はこれを持ってきてね」と、お気に入りの素敵な厚手のコートを、家の私が分かる場所に下げていった。

「あのコートは持っていかなくていいんじゃない？」。私が言った。

「どうして？」

「だって、車で迎えに行くから、地下の駐車場から家まで、車の中だよ。コートを持っていっても、着るところはないし、邪魔なだけだよ。今着ているガウンでいいんじゃないの？」

ヨーコはしばらく考えて、残念そうに言った。

「そうだね、そうする」

退院の日、私は車で病院に行き、特室の病棟の扉のところのインターホンで名前を告げた。

しばらく待つと、コンシェルジュに連れられてヨーコがやってきた。私の顔を見るとにっこりした。コンシェルジュがカートにヨーコの荷物を積んできたが、多すぎてカートからこぼれ落ちそうだった。そうだよな、あれやこれやいっぱい運んできたものなあ！　特室棟の扉の前のエレベーターホールで、カードで病院の支払いをした。こういうとこ便利だよな、会計で待たなくてもいいもんなあ！

エレベーターを乗り継いで地下の駐車場に向かった。カートを動かす時、荷物が落ちないようにするのに必死だった。

車で家に向かう。車の中でヨーコはしゃべりっぱなしだった。話をするのが嬉しくてしょうがない様子だった。時々「分かる？」と言って確認した。「分かるよ」と答える。ヨーコの話は八、九割理解できるが、時々分からないことがあるので、聞き直した。二、三度聞くと大抵分かったが。それでも分からないと言うと、いらいらした様子で、ノートに字を書いて私に見せた。運転中なんですけど！　話の内容は、特にこれといったことではないが、ともかく話すのが楽しい、という様子だった。周りの景色にもあれこれ感想やらを述べた。久しぶりに見る『シャバの景色』が新鮮、という感じだった。

家に着くと、まずヨーコを家に入れ、それから多くの荷物を運び入れた。家は傾斜面にあるため、道路より相当高いところに玄関がある。それで荷物を入れるのに階段を何往復もしなければならなかったので疲れた。車をガレージに入れ、家に入った。荷ほどきはあとだ！　とりあえず荷物を空いている部屋に押し込んだ。コーヒーを淹れヨーコと飲んだ。スポイドにまだ慣れていないためか、あるいは手術後の回復が十分でないためか、ヨーコは椅子に座って飲むことができないので、立って壁に寄りかかり、スポイドで牛乳を入れ少し冷めたコーヒーを飲んだ。前のヨーコなら「お行儀が悪い」と言って烈火のごとく怒るスタイルだった。「美味しい」と言って嬉しそうだった。

一休みして、隣のおばあちゃんの家に、退院の挨拶に行った。おばあちゃんは、ヨーコが病気になった悲しみと、帰ってきた嬉しさが、気持ちの中で交錯している様子で、ヨーコと話をした。おばあちゃんもヨーコの話はだいぶ分かるようだったが、分からない時は私の方を見たので、私が通訳した。

ヨーコの夕食は、私が作っておいたシチューをミルサーで液体状にした物にした。スポイドで吸ってから口（喉）に流し込むため、スポイドで吸い上げられる粘度にするのに少し苦労した。「パパ、美味しいよ」と言って、ヨーコは嬉しそうに飲んだ。この時も、テーブルの椅子から立ち上がった姿勢で食事をした。それからヨーコは久しぶりにゆっくりと風呂に入った。やっぱり、私もヨーコがいるとなんだか嬉しい。

翌朝ヨーコの朝食を作った。牛乳を温め、そこにマーガリンと蜂蜜を溶かし込む、耳を切り取った食パンと卵をミルサーに入れ、そこに温めた牛乳を加えて、攪拌、粉砕して液状にした。よく考えると、内容的には立派な朝食だった。これにサラダ代わりにレタスと水をミルサーして別盛りで出した。牛乳パンの方は、美味しいと言って飲んだが、レタスの方は却下だった。立ちながら、しかもスポイドを使っての食事なので、時間はかかるし、スポイドで吸い上げる時手が疲れるため、休み休みの食事で、余計時間がかかる。「美味しいけど、疲れる」と言う。

食事が終わり、しばらく話をすると、「疲れた」と言ってソファーで横になる。そうだよな！　昼、夜は私が作ったシチュー、おやつにイチゴをジュース状にして飲んだ。

ウナギが食べたい、すき焼きが食べたい、ケーキが食べたい、美味しいフルーツが食べたい、というので、千葉のデパートに車で買いに行った。それらを順に、ミルサーして食べた（飲んだ）。ウナギなどは水を入れ粘度を調整した。最初は食事が終わると、ソファーでゴロゴロしていたが、だんだん回復してきたようだ。ある時ふっと気付くと、いつものエプロンをしてサンバイザーをかぶり、庭で洗濯物を干していた。「大丈夫なの？」と聞くと、「大丈夫、だいぶ良くなった」と答えた。時折、リビングとダイニングに掃除機をかけたり、食後の食器を洗ったりするようになった。

「パパ、掃除機のごみがいっぱいになったから始末して」。だいぶ調子が戻ってきたようだ。夕食が済むと、「今日は何見るの？」と、以前と同じ質問をするようになった。これは今夜何のテレビドラマを見るのか？という質問で、入院前から、私に毎日聞くセリフだった。我が家では夜見るドラマが大体決まっていて、その日（曜日）のドラマは何かという質問だった。私が、題名を答える。そもそも、記憶力のない私に、記憶力の良いヨーコが聞いてくること自体が変な話だ！　そのドラマを一緒に見始めるが、途中で「私、もう寝るね」と言って先に寝室に行く。やはりしんどいんだ！

一週間に一、二度食料を調達に、日本橋の三越に電車で出かけた。普段一緒に歩く時、私が少し速く歩くと、私の腕をつかんで、

「パパ、もっとゆっくり。仕事じゃないんだからね」と言う。

ところが、ひとたびデパートに入ると、水を得た魚のように、ヨーコは人混みの中をすごいスピードで歩き出す。私は前から、『ママのデパートモード』と呼んでいた。人混みを避け、私がもたもたしていると、振り返り「遅いわよ！」と言わんばかりの顔で私を待つ。病み上がりでも同じだった。そこで買う物は主に、だしで味を取った

和食の総菜、餃子、シューマイ、ケーキ、フルーツなどだった。横浜生まれのヨーコは中華系の食べ物が好きだった。

おおむね買い物が終わると、「パパお仕事でしょ？」と私に聞く。このお仕事とはタバコのことだった。「うん」と私が答え、喫煙所のある屋上にエレベーターで上がる。屋上で、ヨーコはテラスに並べられたテーブルの椅子に座って私を待つ。私は喫煙所に行ってタバコを吸う。禁煙時間が少し長かったので、タバコも一本では済まない、二本ほど吸ってヨーコの待つテーブルに戻る。キャッキャ言いながら飛び回る子供たちがいると、ヨーコは嬉しそうにその姿を見ている。私が戻ると、「済んだ？」と言って笑う。そして、電車で家に帰る。

「パパ、眉屋さんに行きたい。電話して予約を取って」

ヨーコは定期的に眉屋さんに行って、眉を整えてもらっていた。インターネットで予約状況を確認してから、電話で予約を取るのだという。指示に従って私が電話をする。予約を取った。

ヨーコが行きつけの眉屋さんは、日比谷にあった。二人で出かけた。その店は、ショッピングビルの一角にあった。私はヨーコと一緒に入り、名前を告げてお願いした。

「じゃあ、外で待っているね」と言って店を出た。その店の隣がコーヒーショップだったので、そこで時間をつぶしてヨーコを待つことにした。ヨーコが出てくるのが見える席に陣取り、終わるのを待った。

眉屋さんの次は美容院だった。

「パパ、美容院に行きたい、予約を取って連れていって」

ヨーコの行きつけの美容院は津田沼にあった。知り合いのお嬢さんのお店で、ずっと長いことその人に髪の手入れをしてもらっていた。

予約を取って、電車で出かけた。元気のいいヨーコに代わって私が電話で予約をしたので不思議に思っただろうな！

ヨーコの後について、その美容院に行った。美容院のお姉さんに、手術をしたのでヨーコは口がうまく利けないことを説明して、取りかかってもらった。眉屋さんと違って路面店なので、近くに時間をつぶせる場所がない。しょうがないので、その店の中で終わるのを待たせてもらうことにした。美容院で待つなんて初めてだ！

終わって、すっきりした顔でヨーコが出てきた。家で使うシャンプーやトリートメントも購入した、と言うことで、その代金も併せて私が支払った。支払いが終わっても、購入したシャンプーなどが入った紙包みを一向に渡してくれない。仕方なく私がフォローした。「紙包みを下さい」と。

仕事なので淡々と作業をしてくれたのだろうが、髪を洗う時、手術の後の傷がすべて見えるので、おそらくすごく動揺しながら作業してくれたんだろうな、と思った。びっくりしたに違いない。紙包みを渡すのを忘れるほどに。

出かける時、ヨーコはスカーフを首に巻きマスクをして、手術の傷を隠す。「ねえ、これで分かんない？　分かんない？」と、私に何度も確かめる。本当に上手に手術をしてくれたので、完全に隠すことができた。また新型コロナ禍で皆がマスクをするので、それも不自然ではなくて助かった。

ヨーコは歯の半分と舌がなくなってしまった。それで唾液を喉に戻したり、口にためておくことができなくなっていた。何もしないとよだれが垂れてしまう。よだれが垂れる？　ヨーコには耐えられないことだろう！　それで、折ったティッシュペーパーを口に入れ、唾液をそれに吸わせ、濡れてくると交換していた。だから、出かける時は、ティッシュペーパーの箱と、汚れたティッシュペーパーを入れるビニール袋をカバンに入れて持ち歩かなければならなかった。電車に乗っている時も頻繁にこの交換作業をしなければならなかった。幸いなことに、新型コロナのためにマスクをしているのが普通であったので、マスクを少しずらしてこの作業を行うとほとんど目立たなくて助かった。

頭頸外科の診察に一回、乳腺外科の超音波検診と診察に一回、ＭＲＩの撮影に一回、計三回通院し、正月を迎えた。乳がんに関しては、手術をせずに、毎日ホルモン系の薬を飲んで様子を見ていた。乳がんについてヨーコは、がんの部分が大きくならずに済んでいると思う、と言っていた。

いつの頃からか、正月になると私が『ぞうに』という名の田舎風のザツニを作るのが我が家の習慣になっていた。材料は、鮭、鶏のもも肉、ゴボウ、ニンジン、大根、さつま揚げ、こんにゃくである。大鍋にお湯を沸かしながら、野菜は細長く切り、そこに焼いた鮭をほぐして入れ、鶏のもも肉は皮を剥がし小さ目に切って入れる。さつま揚げも縦長細目に切り、最後に細長いこんにゃくを一口大に切って入れる。煮上がってきたらそばつゆで味をつける。

ヨーコはこれが大層気に入っている、と言っていた。温まるし、野菜がいっぱいとれると喜んでいた。ある年などは、これを大鍋で五回ほど作ったことがあった。「もう正月は終わりましたけど」と言うと、「いいから作って！」と言っていた。私はこれに焼いた餅を入れて、いわゆるお雑煮風にして食べるが、ヨーコと息子は、餅が好きではないので、野菜汁的にそのまま食べる。

今回、ヨーコはそれをミルサーで液状にして、飲んでいた。口、喉のあたりもだいぶ回復してきたのか、この頃には、立たずに座ったまま食事ができるようになっていた。

正月休みで、息子も家に帰ってきて、いつもの正月のようだった。

「ママのがんはリンパ腺のところまで届いていたから転移が心配。まず三カ月目が関門だね。まだ一カ月足らずだから」。息子が言った。

「そう……。病院にいる時、乳腺の先生に、今度抗がん剤治療をやりましょう、って言われたの。私は話ができないから、一方的に言われっぱなしっていう感じだったの」

「えっ、抗がん剤！　駄目だよ、乳がんの抗がん剤はほぼ百パーセント髪の毛が抜けるから、ママはそっちの方が耐えられないよ。

まあ、それが標準コースだからなぁ……ママの乳がんは、たちがいい奴で進行が遅い奴だと思うよ。今の薬は効いている感じ？」

「うん。止まっている感じがする」

「今度の診察の時、午後から病院休んで一緒に行くよ。午後からでしょ？」

「そう午後から。それじゃ、お願いね」

ヨーコとしては診察の時息子がいてくれるのが一番頼りになり、嬉しいようだった。


正月明け早々、頭頸外科の診察と歯科の治療があった。

さらに一月の後半に乳腺の検診があった。朝早めに病院に行き、まず乳房のMRI撮影をした。ヨーコはヨーコのために用意していった液体状にした食事を、私は院内の売店でおにぎりとソーセージを買って昼食にした。午後、乳腺外科の受付をして、息子を待った。息子が少し遅くなるというので、診察を予定より少し待ってもらった。息子が到着し診察を受けた。

抗がん剤で患部を少しでも小さくした後手術をしましょう、というのが医師の提案だった。医師の説明を聞いた後、息子が私たちの希望を話してくれた。

「先生のおっしゃることが標準の術式であることはよく承知をしています。でもうちの母は髪が抜けるのに耐えられないと思います」。CT画像を見ながら、「幸いまだ骨の筋肉には達していないようだし、この乳がんは顔つきが良さそうで進行が遅いと思います。今のホルモン剤でしばらく様子を見ることにしてもらえませんか？」と。

医師もCT画像の読みや乳がんの顔つきには同意した。ただ標準術式から外れるので、困った顔になった。とりあえず、次に予定が組まれている乳腺内科の診察を受けるように言われた。ヨーコはその後実際の患部を診てもらうということで、私と息子は診察室を出た。

しばらく待合室で待って、乳腺内科の診察を受けた。息子は一通り先ほどと同じ内容の希望を述べてくれた。乳腺外科の医師から我々の希望は伝わっていたようで、しばらく現状のホルモン系の薬を続けて様子を見ましょうか、という話になった。

病院を出て、国際展示場駅の改札で息子と別れた。

「あの子がいないと大変なことになっていたわね。良かったわ」。ヨーコが言った。

一月の末に造影剤を入れたCT撮影をした。夕方、頭頸外科の医師から家に電話が入った。

「診察の時、息子さんにも来てもらって下さい」

えっ！　息子に連絡を取って、診察時に来てもらうようにした。

診察の日、息子に来てもらって、診察室に入った。再発だった。まだ一カ月目だよ！

CT画像を見ながら、医師と息子が話を始めた。医師と患者の家族ではなく、外科医と画像診断医の会話だった。ヨーコと私にははるか空の上の空中戦にしか思えなかった。

おおむね話が終わったところで、息子が我々に説明してくれた。再発、しかも、がん細胞がリンパ腺と血管を取り巻いている状態だという。前回の術後の診断では出ていなかったので、遺伝子レベルで残っていてあっという間に成長したのではないか、ということだった。もう一度手術が必要だという。

「すごく難しい状態になっているから、ここじゃないと手術もしてもらえないよ」。息子が言った。さらに、再発が見つかったので、手術の後、予防的に、放射線治療と抗がん剤治療をするという。今回は息子もその方針に従うようにと言った。

「今度の抗がん剤は髪の毛が抜けたりしないと思うから」。息子が言った。

予想はしていたものの、ヨーコの落胆はいかばかりのものか！

「言う通りにする」。ヨーコが息子に言った。

本当は泣き叫びたかっただろう！

悲しいが、落胆している暇はなかった。その後、ＰＥＴ検査を受け、すぐに入院の手続きをした。ヨーコは特室にすると言ってきかなかった。幸い特室が空いていて入れることになった。

写真館に行って、病室に持ち込む大き目の写真の前回と違うポーズの追加焼き増しを注文した。

「皆こういう写真を病室に持ってきているの。もしなかったら恥ずかしかったわ。つらかったけど、あの子に言われて写真を撮っておいて、本当に良かったわ」。ヨーコが言った。

再び入院の荷造りをして車でヨーコを病院に連れていった。特室の病棟の前のインターホンで名前を告げた。前と同じコンシェルジュが自動扉から現れた。

「また戻ってきちゃった」。ヨーコが言った。コンシェルジュは微笑んだ。私はコンシェルジュに、「またよろしくお願いします」と言ってヨーコと荷物を預けた。

手術の前日と当日、息子が私のためにホテルを取ってくれた。前に泊まったホテルが取れなかったので、別のホテルだという。そのホテルは、劇場やらショッピングビルやらがある複合施設の一角にあった。

病院からは、高速道路の上を横切る、これも片側三車線の大きな一般道の陸橋の端に設けられた歩道を歩いていく。陸橋の両端も交差点になっているので、陸橋の両端に信号機が設置されていた。陸橋の進入側の信号が青になって橋を渡り出し、普通の速度で歩いていくと橋の出口側の信号は赤になってしまう。一回の青信号で渡り切ろうとすると、相当速足で歩くか、途中である程度走る必要があった。

陸橋を渡り信号を越えると複合施設へ向かう歩道があった。歩道に入るとまず三棟並ぶ高層マンションの一番西の棟の入口があり、それからしばらく歩いていくと複合施設の一角の広場に出る。ホテルはその先だった。この複合施設に大浴場があるためか、ホテルの部屋には浴槽はなく、シャワー室だけだった。ホテルの様子を写真に撮り、ヨーコに送った。

翌朝、前回同様、特室の病棟の扉のところにヨーコを迎えに行った。私を見るとヨーコは嬉しそうに笑い、「おはよう」と言った。今回は前回のように、ヨーコの荷物を渡されることはなかった。また特室に戻るってこと？　手術室の前までヨーコを送っていった。前回同様ＰＨＳを渡されたが、別室での説明などはなく、そのまま一階に降り、長い待機が始まった。今回の手術は前回のように、舌や歯を切除することはないから、比較的早いだろう、と思っていたが、前回ほどではないものの、結構長い時間だった。

執刀医から電話があり、手術室の階の部屋で、医師から説明を受けた。今回も切除部がトレーに載せて置かれていた。切除部は予想していたよりもずっと大きかった。こんなに！　切除部の写真を撮った。後で息子に送ろう。医師から手術は成功した旨説明を受けた。説明が終わると、医師から手術室から延びる廊下の横に置かれたソファーで待つように言われた。

そのソファーに座って待っていると、しばらくして手術室の扉が開き、医師や看護師たち五、六人が押すベッドが現れた。ベッドにはヨーコが横になっていた。医師たちは私の前でベッドを止め、ヨーコの顔を見せてくれた。大変だったね、よく頑張ったね！　ベッドは再び動き出し、専用のエレベーター扉の中に消えていった。

後にヨーコから聞いた話であるが、助手に付いた若い医師がヨーコに、「あんな手術よくできるなぁ」と話すような、繊細で難しい手術だったらしい。私はホッとしたような、なんだか物悲しいような気分で病院を出てホテルに向かった。翌日、家に帰った。

また前回同様、毎朝息子も加わり〝おはよう、……〟とＬＩＮＥを送ることで始まる日々が再開した。洋服を持ってきて欲しい、肌着を持ってきて欲しい、ドライヤーを持ってきて欲しい、汚れ物を取りに来て欲しい、スカーフを買ってきて欲しい、云々の連絡が入り、その都度現品の写真を送って確認を取ってから病院に持っていく日々も始まった。

ある時、リップクリームが少なくなったから、デパートに行ってディオールのリップクリームを買ってきて欲しいと言う。リップクリームもディオールなの？　デパートの化粧品売り場のディオールのブースに行って、番号札をもらい、順番を待つ。こんなの初めてだ！　同様に、いくつかの化粧品や下着も買ってきて欲しい、という連絡が幾度か来た。はい、はい！

そんなある日、息子から、銀座の店を予約したから一緒に食事をしようという誘いが来た。私を慰労してくれているんだろうな。私は、銀座は中央通りの周辺しか知らなかったが、その店は中央通りから数本入った通りにあり、夜だったので、その周辺にも、そしてそのビルにも、いわゆる銀座のクラブと思しき照明看板が立ち並び、まぶしかった。そうした建物の一角にある中華料理の店だった。新型コロナ禍のせいか、もともとそういうスタイルの店なのか、個室に案内された。一品ずつ出てくる料理の写真を撮りヨーコに送った。〝あら美味しそうね！〟と返信がある。料理を食べる息子の姿も送った。ヨーコはこれが一番嬉しいだろう！

＊＊＊

重力、引力に関してはアインシュタインによる解釈がある。空間が曲がった、ゆがんだ結果だという。月が地球を回るのも、地球が太陽を回るのもゆがんだ空間を慣性運動している結果だという。また意味もなく日本語の漢字に固執すると、宇宙は真空ではなかったのか？　真空、全くからっぽ、何もないということではないか？　物理学上も宇宙、スペースは、ほぼそれに近い解釈だと思う。では何もないところで何がゆがむのだろう？

宇宙、真空、に関してはずっと疑問に思っていたことがあった。それは真空中の誘電率や真空中の透磁率といった定数だった。透磁率とは『物質の磁化のしやすさ』（少し乱暴にいうと、磁界に物を置いた時の、その物の磁石になりやすさ）である。

私は、透磁率に関してはあまりイメージが湧かないが、誘電率についてはイメージを持っている。例えば、原子は電界のないところでは、原子核の正の電荷の中心と原子核を取り巻く電子雲による負の電荷の平均の中心がほぼ一致するので、原子の外部から見ると正と負が相殺されて、原子内部の電界が見えない。しかし、これらに外から電界をかけると原子核は負側に引かれ、電子雲は正側に引かれる（電子に対して原子核は非常に質量が大きいので、原子核は止まっていて電子雲がゆがむというイメージだが）ため正の電荷の中心と負の電荷の中心がずれる。これは双極子と呼ばれるものので外部電界と向きが反対の電界を生む。これにより外部電界は原子の中およびその周辺で弱まることになる。分子に関しても同様である（乱暴にいうと、誘電とは、原子に電界をかけると原子の中に逆向きの電界が現れる現象のことである）。

原子ごとに、あるいは分子のその結合状態によってこの内部に発生する電界が異なる。外部電界に対してのこの内部電界の発生率が誘電率と呼ばれる定数になる。

そのイメージを持って真空中の誘電率なるものを考えると、はて、何が誘電されるの？　そして、またここで光速が現れる。真空中の透磁率と誘電率の積で1を割ると光速の二乗になるという。式を変形すると、真空中の透磁率と誘電率と光速の二乗を掛け合わせると1になる。1ってなんだ？

まだ勤めていたころ、仕事の都合もあって、光について自分なりに考えたことがあった。いろいろ試行錯誤した末、自分なりの勝手なモデルを作った。

その勝手なモデルは、『光は物質に当たると、一度その物質に吸収され、吸収された物質によっては、その物質が入射した光と同じ振動数の光を発する』というものだった。光は電磁波の一種ということになっている。というよりは、電磁波のうち我々が視覚的にとらえることのできる振動数の電磁波を光と呼ぶ。その振動数は比較的大きいので、光が反応する主なものは、電子、電子雲といった比較的軽い（動きやすい）ものだろうと考えた。入射した光と同じ周波数の光を発することができる物質の主なものは、共有結合と呼ばれる形で物質を結合している電子、電子雲が主と仮定した。共有結合にあずかる電子は、両端を固定ばねでつるされた玉のようなイメージで、玉の位置を変える力を受けると、直後にばねの力で加えられた力と逆方向に動き戻ろうとする。私の勝手なモデルでは、光が共有結合する物体の電子に吸収されると、この共有結合の力で、電子が光と同じ振動を行い、結果として光を出す、ということになる。つまり、『光を透過する物質は、入射光を一度吸収し、改めて同じ振動数の光を発する』というモデルである。そして、『この吸収、再発光という工程は、わずかだが時間ロスを生じる』というモデルだった。

このようなモデルを仮定すると、『何故、どの観測者から見ても一定だったはずの光が物質に入った途端その速度が遅くなるのか？』『空気中から水中やガラス中に入ると何故光が屈折するのか？』ということが納得できるように思える。ホイヘンスの原理、というかその作図は、実は非常に本質的なことを表しているのではないかと思えた。

このモデルによって、その時理解しようとしていた、偏光や複屈折という現象を私なりに納得することができた。

光が電子に吸収されるというモデルは、フォトン・エレクトロン・カップリング、という言葉があるから、決して新しいものではないと思うが。

第三章　秋葉原

ヨーコの退院の日が来た。前回同様車で迎えに行き、特室の扉のところで支払いを済ませ、荷物を持って、地下の駐車場に行った。ヨーコも二回目でいろいろ勝手が分かったのか、今回の荷物は前回ほど多くなかった。

帰りの車の中で、ヨーコがいろいろ話す。前より聞き取りにくくなったような気がした。次に、放射線治療や抗がん剤治療が待っているせいか、前回ほど闊達な会話ではなく、時々黙って、じっと窓の外の景色を見ることがあった。

ヨーコの食事を作り、ミルサーで液状にして出す、という作業が再開した。週に一、二回、デパートに食料品やケーキ類を買いに行く。ケーキは日持ちしないので、近所のスターバックスで調達することも多くなった。スターバックスに行ってコーヒーは買わず、ケーキだけ買って帰ってくる。

　ヨーコは時折エプロンをつけ洗濯物を干したり、食器を洗ったりしてくれた。いつものようになんとはない話をするが、以前より聞き取りにくいことが多く、聞き直すことも増えた。ヨーコはいらいらしながら、ノートにその言葉を書いた。分かったと言うと笑った。昼間もソファーで横になっている時間が増えた。この後の治療のことを考えると、心配だったり、苦痛のはずだが、愚痴めいたことは何も言わなかった。私もそのことは話題にあげないようにした。

　退院から一週間が過ぎたころ、診察のため、病院に行った。頭頸外科で診察を受けた。そこで、今後の放射線治療、抗がん剤治療を行うに際して、レティナを着けることと、胃ろうを作る必要があることを告げられた。レティナとは、鼻や口から呼吸ができなくなった時のためにあらかじめ喉に穴をあけておき、その喉の穴から空気を送る必要がない時にその穴をふさいでおくために着ける柔らかいプラスチック製の器具である。治療の間に呼吸ができなくなったりした時の用心のためだという。胃ろうは喉を通して食べられなくなった時の用心のためだという。ヨーコは胃ろうに関して少し抵抗したが、医師の説明の後黙って従うことにしたようだった。こんなにたくさん体に傷をつけるのか、ヨーコ、我慢しているんだね！

その後胃ろうを作ってもらう医師に胃ろうに関して説明を受けた。とても簡単な手術だという印象を持った。そうだと良いな！

続いて、総合腫瘍内科の医師から、抗がん剤治療を中心に治療に関する説明を受けた。放射線治療は病院の休日を除いて毎日、抗がん剤は放射線治療を行っている間、週に一回の点滴投薬とのことだった。最初通院で治療して、体がつらくなったら入院する患者さんもいるという話だった。しかし、家は病院から遠いので、毎日の通院は難しいだろうから、入院して治療した方が良いでしょう、と話された。都内なら通院できるのですが、とも言われた。

そんなある朝、ふとウィークリーマンションとかはどうかな？という考えが浮かんで、ＰＣを開いて検索してみた。ウィークリーマンションというのはなかなか見つからず大抵はマンスリーマンションだった。フウン、そうなんだ、と思っていると、ヨーコが起きてきた。

「おはよう。パパ何しているの？」

「今度、また今回のように通院治療があったら、マンスリーマンションを借りたらどうかな、と思って調べていた」

「えっ！　そうだね。今回もそうしたい。探そう！」

それから二人でPCを見ながら、本気で検索し始めた。私は病院のそばが良いと思っていたので、その周辺をまず検索した。治療が始まる日はもう間近だったので、空いている部屋はなかなか見つからない。何とか一つ見つけ出したが、少し古いビルで、写真で見る限りトイレにウォシュレットがついていなさそうなのが致命的だった。

「あの子のマンションのそばがいいわ、先生も都内なら通えるって言っていたじゃない？」。ヨーコが言った。

そういうわけで、息子のマンションの近辺の検索を始めた。すると秋葉原に写真で見る限り素敵な部屋を見つけた。

「あら素敵！　ここにしましょう。ここ、ここ。ここなら、あの子もたまに来てくれるわ」

というわけで、急いで表示されている電話番号に電話した。そこは申し込みの受付で、担当から別途電話連絡するという話だった。私は自分の電話番号を告げた。しばらくして担当から電話が入った。今、七階しか空いていないが良いか、と言う。どこでもいいから、お願い！　メールで書類を送るということなので、私のメールアドレスを伝えた。

そのマンションの一カ月の家賃は四十万円だった。私、無職の年金生活者なんですけど！　しかしその期間入院し、ヨーコの御所望の特室に入るとその三倍以上の室料になる。もはや金銭感覚がおかしくなっていた。本来家賃は五十万円だが、現在ディスカウントで四十万円になっているという。新型コロナ禍で外国人が来ないからということなんだろうな！　普通だったら空いていそうもないところだもんな！

胃ろう等を作るため、ヨーコが入院した。医師は簡単そうに説明していたが、結局十日間の入院だった。

その間に私はマンスリーマンションの手続きを行った。入居の申込書類を作り、PCに取り込んで、メールで送った。この時、家賃とは別に、週一回掃除の人が来て部屋を掃除してくれる、という契約も行った。掃除は週一回で、月額千百円だという。えっ、何でそんなに安いの、一桁間違えている？　間違いではなかった。担当から審査結果の電話があった。本来無職の人には貸さないが、今回はOKとのことだった。新型コロナ禍の空きを埋めたいためか、保証人が息子で、医師で、病院勤めのためか、のどちらかの理由だろう。はたまたその両方か。

そのマンションはホテルに隣接しており、ホテル側が管理しているようだった。ヨーコが退院する前に、部屋を整え、生活できるように準備しなければならなかった。

まず部屋の状況などを確認しに電車でマンションに行った。隣のホテルのフロントで手続きをし、マンションのカギを受け取った。部屋は十五坪強の2LDKで、家具類も含め皆写真で見たようにきれいだった。大きなダイニングテーブルがあり、そこに四脚の革張りの椅子があった。ダイニングテーブルにくっつくようにソファーがあったが、これがダイニングとリビングの境なのだろう。二つの部屋にはどちらにもダブルベッドが置かれていた。子供二人の家族なら四人で住めるだろう。家電製品は一通りそろっており、テレビもＷｉ-Ｆｉも備わっていた。食器も調理器具も一通りそろっていた。衣類だけ持ってくれば暮らせるような環境だった。

私は部屋や、備品の写真を撮り、ヨーコに送った。〝素敵ね！〟という答えが返ってきた。車のコインパーキングはマンションの入口の前の一方通行の道路を渡った正面にあった。これなら車で荷物を運べそうである。

翌日、衣類や家で使っている調理器具、食器を車に積んで、マンションに向かった。大きな通りから、マンションの入口がある一方通行の道に左折するところは大きな横断歩道の端を通過するようになっていて、そこで横断歩道の信号を待つ大勢の人たちをかき分けるように進入するのが一苦労だった。その日は荷物をおおむね整理して車を戻しに家に帰った。

翌日電車でマンションに行き、本格的なマンション暮らしが始まった。借家のマンション暮らしは、私には大問題があった。そう、タバコが吸えないのだ！　禁煙する？発狂しそうだ！　マンションの浴室には大きくきれいな浴槽があったが、洗面器や腰掛けなどはなかった。これらや、洗濯干し具、食料を調達しなければならなかった。

秋葉原はなじみがなかったのでこれらを探して街をうろついた。若者が好きそうな、おしゃれな食べ物屋やグッズ販売店やそれこそ電気製品、電気部品の店、メイドカフェなどはいたるところにあるが、求めている非常に庶民的な物を探すのは大変だった。売っていそうなところをスマホで探してそこに行ってあれこれ見たが、皆小洒落ていてイメージと異なることが多かった。

相当長い時間歩き回った末、浴室の小物や物干しは比較的近くにあった無印良品で購入した。食料に関してはいわゆるスーパーマーケットみたいなものが見つからず持ち越しになった。しかし、帰りにいいものを見つけたのだ。マンションから出て一方通行の道を歩いた先の大きな横断歩道は、高速道路の高架下も横切る。その高架下の歩道の脇に喫煙所を見つけた。嬉しい！　私は思わず駆け込むように喫煙所に向かった。喫煙所は新型コロナ禍のため厳しく人数制限がされており、監視員もいるため、長い順番待ちの列ができていた。私はその列に並んだ。タバコが吸えるなら、なんぼでも待ちましょ！

翌日、再びスマホでいろいろ検索し、スーパーマーケットを見つけ出した。少し距離はあるが、歩いていける範囲だった。その店は息子がいつも買い物をしているというスーパーマーケットと同じ名前の店で、電車の高架下の大きな道路に面したところにあった。これで何とか生活ができそうである。さっそくスーパーに出かけいろいろ食材を買ってきた。ヨーコの好きなイチゴも手に入った。ヨーコが、いつも「美味しい」と言って飲むオニオンスープを作った。最初のうちオニオンスープは普通に玉ねぎを刻んで入れていたが、ヨーコが飲む時はそれをミルサーで粉砕する。それで最近では最初から玉ねぎを粉砕してスープを作っていた。最初から玉ねぎを粉砕して入れると、通常の玉ねぎの量では玉ねぎの味が強くなりすぎるので、おおむね半分より少し多め、という分量で作っていた。

ヨーコの退院の日が来た。電車で病院に行ってタクシーで帰ってくる予定だった。前回のように特室棟の扉の前で支払いを済ませた。短い入院だったが、荷物は結構多い。カートを借りて運搬した。その日は土曜日で病院は休院日だった。そのため、いつもは病院の前の道路に列をなしているタクシーが一台もいなかった。タクシーアプリを入れておいて良かった。アプリでタクシーを呼び、トランクに荷物を載せてマンションに向かった。タクシーに乗るとヨーコは一言も話をしない。普通の会話ができないことを運転手に聞かれるのが嫌なのだろう。景色などを私に手で示した。

マンションに着いてタクシーから荷を下ろしてもらった。荷数が多い。まず自動ドアの先のエレベーター前まで荷を運ぶ。自動ドアのセンサーのところにヨーコに立ってもらいドアを開けた状態にし、荷を運んだ。三往復である。同様にエレベーターは先にヨーコに乗ってもらい、扉の開ボタンを押してもらって荷を運び込んだ。降りる時も同様だった。マンションの部屋のドアはエレベーターを降りたところの少し斜め前にあった。ドアを開けると、自動で室内灯が点灯する。中に入るとヨーコが言った。

「写真で見るより素敵ね！」


放射線治療が始まった。地下鉄で八丁堀に行きそこでJRに乗り換えて新木場へ、さらに臨海線に乗り換え国際展示場へ向かうルートだった。乗り換えは多いがそれぞれに乗っている時間は短い。地下鉄の秋葉原駅はJRの駅よりずっとマンションに近く、大きな横断歩道を渡る手前に入口があった。八丁堀の乗り換えは結構歩くようだった。国際展示場駅を出て歩いて病院に向かう。ジャガー、ランドローバーのショールームの脇を歩いていく。「これが楽しみね！　カッコイイ！」。ヨーコが言った。結構頻繁に展示車種が変わっていた。だんだんジャガーよりランドローバーの展示数が増えているようだった。

病院に入る。放射線治療の部屋は地下だった。エレベーターを降り結構長い距離を歩いてその受付にたどり着く。受付をして順番を待つ。ヨーコが看護師に簡単な問診と説明を受ける。「長丁場だけど頑張って下さい」と言われていた。ヨーコが呼ばれて処置室の方に行く。私は待合で荷物の番人である。結構長い時間がかかった。「最初なので位置合わせとか大変だったのよ」。終わった後ヨーコが教えてくれた。待合に戻ると帰り支度をした。首の傷が見えないようにスカーフを巻く。

「これで分からない？　大丈夫？」と私に聞く。「大丈夫だよ」と答える。私のいい加減さを知っているヨーコはその後鏡のあるところに行って確認した。一回目が終わった。放射線治療と並行して週に一度行う抗がん剤治療も含めて、全部で七週間だという。先は長い。

帰りは、来た経路と逆に電車で帰った。地下鉄の秋葉原駅で改札を出た後、地下から地上に上がる階段が結構しんどかった。数回このルートで通院したが、帰りは大変そうなので途中から行きは電車、帰りはタクシーにした。

ヨーコの治療の時間はほとんど夕方遅くだった。それで、昼間は買い物をしたり、散歩したりした。スーパーへの買い物は結構な散歩になった。行きと帰りの道を変えたりして秋葉原の街を見て歩いた。

時折、日本橋の三越や髙島屋に行った。電車で行くと遠く感じたが、タクシーで行き帰りするとあっという間だった。

最初の日ヨーコはそれまでたまっていたものを吐き出すかのようにいろいろな物を買った。数本のマフラー、しゃれた傘、手袋、洋服など。もう、何でも好きにしてくれ！　その後食料品をいろいろ買い込み、『私の仕事』、タバコのために屋上に上がった。私を待つ間、ヨーコはテーブルの椅子に腰掛け、はしゃぎ回る子供たちを見ていた。気候も随分暖かくなってきた。食料品の主たる中身は、だしベースの総菜、餃子、イタリアン、そしてケーキだった。

その後は主に食料品を買いに三越に行った。屋上に行って私がタバコを吸った後しばらく休憩して帰ることが多くなった。少し向こうのテーブルに、かなり年配の人がいつも座っていて、ノートか何か書類を見ながら、頻繁に電話をかけていた。株取引でもやっているのかな？　東京にはいろんな人がいるんだ。

週に一回の抗がん剤治療が始まった。この日は早い時間に病院に行き、血液検査のための採血をし、その後、放射線治療を行う。その後総合腫瘍内科の看護師の簡単な問診があり、血液検査の結果が出た頃総合腫瘍内科の医師の診察を受ける。血液検査の結果を見て抗がん剤を投与できるかどうか判断するようだった。この医師はまだ若く、息子と似たり寄ったりの年頃に見えた。「最初、あの子がいるのかと思ったわよ」とヨーコが言っていた。物腰、口調が柔らかく、少し痩せた医師で、ヨーコは、「あの先生大好きよ」と言っていた。

医師の許可が出ると、点滴の抗がん剤投与になる。抗がん剤投与は三、四時間かかる。この時間の間に私は電車で家に帰る。主たる目的は自治会の回覧板の確認、次の家への回覧だった。家を留守にするという連絡をしていないので、回覧板はいつもの通りに回ってくる。少し遅くなるが止めないように次に回すという目的だった。回覧板が来ている日もあれば、そうでない日もあった。抗がん剤治療が終わると、ヨーコは次に歯科検診を受ける。おおむねこの時間までに私は病院に戻ってヨーコと合流した。

抗がん剤治療の翌日、お掃除の人が来て部屋を掃除してくれた。この時はヨーコの部屋を先に掃除してもらって、ヨーコと私はその部屋にこもり掃除が終わるのを待った。スマホで掃除に来てくれた人の名刺の会社を調べるとこの掃除の通常料金は一回およそ一万円だった。月に千百円の料金というのは、掃除の他に、借り手がどんな風に部屋を使っているか、極端にひどい使い方をしてないか、などを確認する目的もあるんだろうな、と思い、納得した。

次の週、二回目以降はこの時間に合わせてヨーコと買い物に出かけるようにした。週に一度息子がヨーコの様子を見に来てくれた。放射線を当てているヨーコの首回りをよく見てくれた。

「ママはちゃんと手入れしているから荒れてなくてきれいだね」と息子が言う。

「病院でもらった薬をちゃんと塗っている」とヨーコが自慢げに答える。

それから、今後放射線を当てたところがどうなるか、抗がん剤がどう効いてくるか、などを説明してくれた。いろいろアドバイスをくれる。ほんと、助かるなあ！

帰る時、どうやって帰るの？と聞くと、歩いて帰る、と言う。そうか、そんな距離だね、君なら歩ける、私ならタクシーだ！　よく考えると、息子のマンションは結構近い。

借りたマンションの入口から出た向かいは線路の高架下で居酒屋が軒を並べていた。その隣にはコンビニがあり、一方通行の道路から大きな通りに出るところには両側に立ち食いソバ屋とラーメン屋があった。新型コロナ禍の外出自粛の要請が少し緩和された時期だったので、夕方になると居酒屋は客であふれていた。だいぶ暖かくなってきたので、店の外に並べられたテーブルも客でごった返していた。

マンションの隣のホテルの一階も少ししゃれた飲み屋だった。どうしてこんなところに飲み屋があるんだろう？

そんな訳で、夜になると居酒屋の話し声などで、喧騒に満ちた通りになった。しかし、ひとたびマンションの部屋に入ると、ほとんど物音がしない。そのガラスサッシはよくできていた。ヨーコが寝ることにした部屋の横を電車が通っているが、電車の音はかすかに聞こえる程度で、あまりにも静かなため、ちょうど良い物音だった。

だいぶ日が長くなってきた。朝目覚めると、私はまず服を着替えて、タバコを持って大通りの高速道路の高架下の喫煙所に行き、一服する。このためにやってくるのだからタバコも一本では収まらない。二本は必ず吸う。五時半ぐらいの薄明るくなった時間でも、もうすでに人や車がまばらに目に入る。都会だなあ！　喫煙所も私一人というのはめったになく、一人ぐらい喫煙者がいた。毎日定刻に喫煙所の清掃の人が来て、吸殻を集め、吸い殻入れを掃除していく。きちんとしているなあ！　どこの管轄なんだろう？　都？　ＪＴ？

隣のホテルの一階が飲み屋になっている理由が分かった。朝になるとその入口の内側にテーブルが置かれ、通行止めになり、テーブルの上にフレッシュジュースが入ったと思われる容器が並べられる。そうか、ここはホテルの朝食所になるんだ。道路を向いて朝食を食べている泊まり客と思われる人たちがいた。

そんな日々が続いた。日がたつにつれ、放射線治療の影響で、ヨーコの首回りはだんだん黒ずんできた。強烈な日焼け？　火傷？　ヨーコは毎日入浴後病院で指定された塗り薬を丁寧に照射部に塗って手入れしていた。手入れが丁寧なので、看護師に褒められていた。

週一回の抗がん剤投与は、薬が蓄積されてきたせいか、だんだんきつくなってきたようだった。しばらくすると、抗がん剤を投与した日から二日ぐらいヨーコはヘロヘロになり、動くのもしんどそうな様子になってきた。

この治療が始まる前、医師に数週間は通院できるが、そのうち体がつらくなり入院するようでしょう、と言われていた。それで、マンションは一カ月しか契約していなかった。ヨーコに今後どうするか尋ねると、入院はしたくないのでこのまま通院を続ける、頑張れそうだ、と言う。そこで、マンションの管理会社に連絡して、一カ月延長できないか打診した。借りていた部屋は、まだ次の借り手が決まっていないので大丈夫だと思うが、正式に決まったら連絡をくれる、ということだった。しばらく音沙汰がなかったので、心配になり確認の電話をした。部屋の継続は大丈夫だが、前回はディスカウントだった家賃を今回も継続適用させてくれるようオーナーに打診しているところだ、と言う。いずれにせよ引っ越さずにこのままいられそうで良かった！　数日後連絡があり、家賃も前回同様のディスカウント料金で良いということだった。

週に一度、放射線照射の前後に放射線科の医師の診察を受けた。医師によれば、放射線を当てていくとだんだん味が分からなくなっていくがそれは後々回復するから心配ない、ということだった。しかしヨーコは味が分からなくなる、ということはなかった。医師は、おかしいな、何故だろう？と言っていた。結局ヨーコは最後まで味覚が落ちなかった。

抗がん剤を入れた後の二日ほどヨーコはヘロヘロになったが、それ以外は大丈夫だった。二人で元気よく？通院した。私たちには希望があった。この苦行のような治療さえ終われば！

最後まで頑張って通院した。「通院で治療を終える人はあまりいません。よく頑張りました」と看護師に褒められ、治療を終了した。

もう初夏の香りの頃だった。太陽がだんだんまぶしくなってきた。

＊＊＊

太陽を発した光はどのように地球にやってくるのだろうか？

現代物理学では、光は光子という質量のない粒だということになっている（質量のない粒ってなんだ？）。もしそうだとしたら、太陽はどれだけの数の光子を発しているのだろうか？　太陽を見ながら体を動かしても、その明るさに濃淡を感じることはない。少なくとも光子は我々が認識できるより小さな間隔の密度で地球に到達していることになる。ある瞬間に太陽が発した光子を地球で観測するには、４π×（太陽から地球の距離の二乗）の球面を我々がその隙間を認識できない密度で満たすだけの光子を放出していることになる。すごい量だ！　しかも、白色に見えるためには、これまたものすごい量の異なる振動数の光子を放出する必要がある。太陽がこれなら、何万光年も離れた星々はどれだけの光子を放出しているのだろう？　本当かなあ？

昔、大学の授業で、粒子にはフェルミ粒子とボーズ粒子というものがあると聞いた覚えがある。フェルミ粒子はある空間に一つの粒子しか存在できないが、ボーズ粒子はある場所に複数の粒子が同時に存在できるのだという。その時私はフェルミ粒子というのが我々が認識する、いわゆる「物質」なんだろうな、とぼんやり思った記憶がある。光はボーズ粒子だという。

量子統計力学という分野では、第二量子化とかいう難しい数学語を使って、何でもかんでも粒子にしてしまう。身近なところでは、音もフォノンという粒子にしてしまう。それもまたボーズ粒子でいろいろな音色、振動数の粒子が一カ所に重畳して存在し得るとして扱う。我々は、音は空気の振動であることを知っている。光も似たようなものだと思えないだろうか？

最初私は、昔理科の事典で見た衝突を説明する写真をイメージした。直線的な棒などから糸でつるされた鉄球がたくさん取り付けられ、その鉄球同士は隣の玉と接触している。このようにつるされた鉄球が直線状に多く並んでいる。一番端の鉄球を手か何かで持ち上げブランコの要領で放すと、隣の鉄球に当たる。しばらくの間鉄球の列には何の変化も現れないが、鉄球の数が多いと、かなり時間がたった後、手で持ち上げた端と反対の端の鉄球が、ブランコの反対側のように揺れる。

最初に手で持ち上げた球が、太陽から発した光、途中の何も変化しないところが太陽と地球の間の宇宙空間、反対側のブランコのように振れた球が我々の目がとらえた光、と思ったらどうか、と考えた。

これは一次元のイメージだった。では三次元のイメージは？　私が最初思ったのは、水槽中の泡だった。水中のあるところが揺れたとする、見かけ上水槽中の水には何の変化も起こらない。その振動が泡まで伝わった時はじめて変化が現れる、というイメージはどうかと思った。これを突き詰めると、我々が真空だと思っているところが何かで満たされており、我々が物質だと思っているものが、泡のような空虚なもの（ベイカンシー）だということになった。これはなんだか変だなあ！　と言うより、やだなあ！

結局、私の中では、百年ほど前にその議論をされなくなった物質にたどり着いた。そう、エーテルだ！

十九世紀の終わり頃、光は波だった。波はそれを運ぶ媒体（波なら水）が必要である。太陽から地球まで光を運ぶ媒体はエーテルと名付けられた。マイケルソンとモーリーという学者がこのエーテルを観測しようと数々の測定を試みた。しかしエーテルの存在を証明する測定結果は得られなかった。

その後アインシュタインの相対論によって、エーテルは仮に存在したとしても、それを観測することはできないことが証明され、エーテルの議論は決着した。

しかし、エーテルが存在すると仮定すると、私の光に関する疑問は相当解消する。宇宙空間が（宇宙だけでなくこの世界全てが）エーテルで満たされているとすると、太陽を発した光はエーテルが運ぶ波として地球に到達する。

静かな水面に小石を投げると水面にできた波の輪がどんどん広がっていく。水面が広ければ、ある程度時間がたった後の波の輪の大きさ（波だった部分の体積和）は、最初に投げ込んだ小石よりはるかに大きくなる。光もエーテルが運ぶ波のようなものだとすれば、光子で考えたような、一体どれだけの光子を発したのだろう、という疑問を考えなくてよくなる。音のようにいろいろな振動数や音色を空気が一度に運べるように、様々な振動数の光をエーテルが伝えることも容易に納得できる。

光（電磁波）の模式的な解説図として互いに直交する電場と磁場の波の絵が用いられるが、あれは空間的に波打っているわけではなく、その時点での電場と磁場の強さを表している図になる。エーテルは存在していても力学的には動かないもののように思える。

このようにエーテルによって運ばれてきた光が物質に当たった時、粒（光子）のようにふるまう（扱える）と考えることにした。そうすると光に質量がないことも納得できる。

これらはおそらく百年前の物理学者たちが（光子の概念を除いて）真剣に議論したことに思える。

第四章　三十一階

マンションから大荷物を車に積んで、数カ月ぶりに家に帰った。

ゆっくりと前の生活に戻っていった。週に一度程度電車で三越に食料を買いに行った。ケーキを買いに近所のスターバックスにちょくちょく出かけた。ヨーコの好きなケーキは固定されていた。ある時、私一人でスターバックスにケーキを買いに行った。ヨーコのお好みのケーキが一つもない。えっ！　店員さんに聞くと、月単位か何かでケーキの種類が変わるのだそうだ。私は新しいケーキの写真を撮ってヨーコに送り、新しい品から何を買っていけば良いか聞いた。

ある時、ヨーコが、「パパ見て！」と言うので振り向くと、真っ白いヨーコの顔があった。顔パックだった。「久しぶりにパックしたの。嬉しいわ」と言った。

最初にヨーコが顔パックをした時のことを思い出した。まだ小学生だった息子も私もびっくりしたのを覚えている。それからは慣れて、ヨーコがパックをすると、私は、「明日お出かけなの?」と聞くようになった。

ヨーコは、前回と同じように、いつものエプロンをして、洗濯干しや食器洗いをしてくれた。少し疲れると、ソファーで横になっていた。ヨーコの言葉は前回よりも少し聞き取りにくくなったように思った。おばあちゃんと話をする時は筆談が多くなった。

一カ月ほど後に、病院に出かけ診察を受けた。頭頸外科、歯科検診、そして総合腫瘍内科の診察だった。総合腫瘍内科の医師から、引き続き定期的に投薬をしてはどうかという話が出た。私は、前回の抗がん剤投与のヨーコの苦しそうな様子を思い浮かべ、少し考えさせてもらうことにした。また、総合腫瘍内科の医師は今度海外留学するので、他の医師に引き継ぐとのことだった。ヨーコはこれが一番ショックだったようだった。「いやよ、先生、もっとここにいてよ」と言って、医師の手を握ったりしていた。うちの息子じゃないんだから、そんなことを言ってもしょうがない!

放射線治療をやっている間、乳腺の診察を全く受けていなかったので、その日乳腺外科の予約を取って、後日来院することにした。

予約した日に乳腺外科の診察を受けた。ヨーコは患部が小さくなったような気がする、と言った。医師は患部を見て、

「あら本当！　ホルモン剤はこんなに効くのね」というようなことを言った。

「先生、これで論文書いて下さい」。ヨーコが調子に乗る。

当初のヨーコの乳がんの様子では、一般的に摘出手術をするか、いわゆる乳がんの抗がん剤投与をするのが普通のようで、ヨーコのようにホルモン系の薬だけ飲み続けるというケースはあまりないらしかった。ヨーコはホルモン剤を毎日欠かさず飲んでいた。


一段落したらヨーコと旅行にでも行きたいな。でもヨーコは普通の食事はできないしなあ、とか考え、ネットで、アメリカのモーテルのように、部屋にキッチンのついたホテルを探してみた。自炊ができる宿なら、コテージとかが一般的にあったが、ヨー

コはそういうところは嫌いだった。「コテージに泊まってもいいけど、私には普通のホテルの部屋を取って」とか訳の分からないことを言う人だった。探してみると数は多くないが、いくつか見つかった。

ヨーコは全く別のことを考えていた。

「パパ、私、この家を売って、あの子のそばにマンションを買いたいのよ」

「えっ！　でもあのあたりは高いよ。この家を売ったって勝負にならないんじゃないの？」

「何とかなるわよ」

結婚した時から、家の財布はヨーコに任せっきりだった。ヨーコが何とかなると言うなら、それなりに当てがあるのだろう。

ヨーコは以前から、車の運転ができなくなったら今の家では暮らせないから、少しでも息子の近くの便利の良いところに引っ越そう、と言っていた。病気になったせいもあり、あの秋葉原のマンションでの生活をしたいと思ったのだろう。

「そうするには、おばあちゃんにどこか施設に入ってもらわないとならないのよ」

これは難問だった。おばあちゃんはもう九十歳を過ぎていたが、体も頭もしっかりしていた。週に三日ほどお手伝いさんに来てもらって、掃除やら、料理やらを手伝ってもらっていたが、基本的には一人で生活していた。平屋で五十坪の家は、雨戸の開け閉めだけで結構な労働だった。とはいえ、こまごまとした買い物などはヨーコが行っていたし、何かあるとインターホンで我が家に連絡する、あるいは庭越しに家にやってくる、という格好なので、本当の一人暮らしというわけでもなかった。したがって、我々がよそに引っ越して、おばあちゃんが本当の一人暮らしをするというのは、生活面でも、精神的にも無理だった。

結局ヨーコがおばあちゃんを説得し、では施設を探そう、ということになった。三カ所施設を見学に行ったが、おばあちゃんはどれも乗り気になれない様子だった。それはそうだろう。五十坪の家に住んでいる人が、六坪程度の部屋で暮らすのは想像できないだろう。それでも何とか一カ所を決めてもらい、そちらに入ってもらうことになった。

ヨーコと私は今の家に引っ越す時に世話になった不動産屋に出かけ、家を売りたい旨話をし、不動産屋が家を見に来る日を決めた。

まだ夏の初めだったが、異様に暑くなっていた。造影ＣＴの撮影に病院に出かけた。手術もやった、放射線治療もやった、抗がん剤治療もやった。これで、喉のレティナと一度も使わなかった胃ろうを外せるはずだった。ＣＴ撮影の後、頭頸外科の診察を受けた。

「レティナとか外せますよね」。私が尋ねた。医師は首を横に振った。再発だという。えっ、そんな！　医師はモニター上のＣＴ画像で説明してくれた。画像には首の下あたりに大きな楕円形の白い物があり、その上に針のように尖った小さいものがあった。その尖ったところをポインターが指している画像が映っていた。このポチッとした小さな物ならまた手術で取れるんじゃないだろうか？　医師は手術の話をしなかった。

画像のコピーを取って私に渡してくれた。息子に診てもらってくれ、ということか？その後、放射線科の医師の診察を受けた。放射線を当てた部分には再発はないが、照射部から外れたところまで転移して再発している、と説明された。そんなあ！

さらに総合腫瘍内科の診察を受けた。息子とも相談したが、追加の投薬は受けないことにした。前回の抗がん剤治療でのヨーコのつらそうな姿を考えると、これ以上あんなことはさせたくないと思った。

ヨーコと電車で家に帰った。あんなに小さな奴なら何とかなるはずだ、と考えていた。家に帰って、病院でもらった画像をスマホに取り込んで息子に送った。息子から電話があった。

「あのポチッとした小さな奴でしょ。何とかなるよね？」。私が聞いた。

「違うよ。あの白いところ全部だよ。あんなところに白い物が映っちゃいけないんだよ。今度の休みに家に行くから」

えっ！　ええっ！

息子がやってきて、説明してくれた。がん細胞が相当大きくなっているという。しかも今回は脳に行く血管と神経をがんが取り巻いているという。

「がんが血管に侵食したらおしまいなんだよ。ママは急に倒れちゃうかもしれない。それは、明日かもしれないし、先かもしれない」。息子が言った。

息子の話とはいえ、それを聞くヨーコの思いはいかほどだっただろう。医師とはいえそんなことを母親に説明しないといけない息子はどんな気持ちだっただろう。

私たちは、家を売って、息子に少しでも近いマンションに引っ越そうと考えていることを息子に話した。

「家を売ってマンションを買う？　そんな時間ないよ。すぐ病院の近くに部屋を借りないと」

「それじゃ、この前借りた秋葉原のマンションをまた借りるか？」。私が言った。

「あそこじゃダメだよ。ママが脳梗塞になって倒れて、救急車を呼んだら、たいてい同じ区の病院に救急搬送される。ママは最初の手術の時、後で食べられるように喉を相当いじっていて、見たこともない構造になっている。だから普通の病院に搬送されても、挿管さえできないかもしれない。少なくともあの病院がある区にしないと」

それから三人で病院のそばに貸マンションの部屋がないかPCで検索を始めた。

2LDKのほどよい部屋が見つかった。写真で見るとまだ新築の新しい部屋だった。良さそうに見えたがよく見ると、どの部屋にもエアコンがついていない。この暑さの中エアコンなしでは暮らせない。新型コロナの影響で、そもそもエアコン本体が不足していた。その上工事する人も少なく、購入しても何カ月か待たされるという話を聞いていた。さらに探す。3LDKと広すぎる部屋だが、各部屋にエアコンがついていてカーテンも照明もついている部屋が見つかった。ここだ！ということで、電話で見学予約をした。高層マンションの三十一階で部屋も高いところにあるが、家賃も結構高い。けれどもそんなことを言っている場合ではなかった。

マンションの部屋の見学に行った。そのマンションは何のことはない、前回泊まった複合施設にあるホテルに行く時、こんな高層マンションがあるんだ！と思ったマンションだった。マンションの部屋に入った。まだ真新しい。そもそもこの高層マンション自体がまだ売り出しの真最中だった。窓から下を見る。高速道路がはるか下に見える。ちと怖いな！　口には出さなかった。ヨーコはすっかり気に入った様子だった。

息子は、部屋まで担架を運べるかどうかを気にしていた。可能かどうか事前に聞いていたようだった。一台のエレベーターは大きいので、そちらは救急用の担架を搬送できるという話だったという。実際そのエレベーターに乗った時、「ちょっと狭いけどここならぎりぎり担架を載せられるかな？」と息子が言った。脳梗塞か何かで突然ヨーコが倒れて、私が救急車を手配する？　考えただけでパニックになりそうだ！

その部屋のオーナーは少し住んで、すぐに引っ越したということだった。オーナーは外国人か、と案内してくれた業者に尋ねると、日本人だとのことだった。急に出向か何かで引っ越すことになったんだろうな、と思った。後で分かったことだが、そうではなく、オーナーはもっと都心の高級マンションに住んでいるらしかった。こういう物件をいっぱい持っているのかもしれない。業者の人に借りたい旨話し、今後の進め方を聞いた。その部屋は家賃が高いので、いわゆる普通の所得の人には貸すことができないということだった。無職、年金暮らしの私は論外なので、最初から息子に借りてもらうことにしていた。息子が医師であることを告げると、業者は、それなら大丈夫でしょう、と言った。しかし、昨年の確定申告の提出と、オーナーの許可がいるということだった。

その後息子に契約に動いてもらった。無事に契約が済み、部屋のカギを入手した。

私たちの引っ越しの準備と、おばあちゃんの施設への入所が同時進行で、忙しい日々だった。おばあちゃんの施設の契約をし、施設の部屋を住めるように準備した。おばあちゃんの住所変更、郵便物転居届、新聞の停止、自治会の脱会等々、処理することがいろいろあった。我々の引っ越しに関して引っ越し業者に依頼し、打ち合わせをした。

家を売ることを相談した不動産業者に連絡し、家の見学を中止にしてもらった。

息子はすぐにマンションに移った方が良いと勧めてくれたが、ヨーコは施設に移るおばあちゃんを見送ってからマンションに行くと言った。マンションで使う家具類は最初全てリースにしようかと思ったが、いろいろ煩雑なので、家の物を持っていくことにした。相当本格的な引っ越しになった。

ヨーコは忙しさに疲れたのか、がんが進行して病状が悪化したのか、食事以外はソファーで臥せっていることが多くなった。「ベッドで寝たら？」と言うと、「パパが見えるとこがいい」と言った。

おばあちゃんが施設に入る日、私が車でおばあちゃんを送っていくのだが、ヨーコは頑張って起きてきて、おばあちゃんの出発を見送った。私たちが都内の方に引っ越すことも考慮して、おばあちゃんの施設は家と息子のマンションの中間あたりの場所にした。それで家からは結構遠かった。

私たちの引っ越しは、荷造りから業者にやってもらう方式を選んだ。引っ越しの朝、まず荷造りの人がやってきて、持っていくものを箱詰めしたり、梱包したりした。午後から、運搬の係の人たちが来てトラックに荷を詰めた。洗濯機も持っていくことにしていたが、だいぶ古いので、水漏れするかもしれないという話になった。とりあえずそれを持っていくが、すぐ新しいのを発注して、向こうで交換することにした。洗濯機に関して運搬業者がいろいろ当たってくれたが、やはり新型コロナの影響でなかなか思ったものがないという。ようやく新製品で発売したばかりというものを予約することができた。

荷の搬出が終わり、何もなくなり、ガランとした部屋を見た。最初にこの家に引っ越してきた時のことを思い出した。そこそこ広いリビングの床の上に、テレビが一台ポツンとあるだけだった。広すぎて居場所に困ったのか、幼い息子は隅の壁に寄りかかってうずくまるように座っていた。

明日は朝からマンションへ荷の搬入がある。私たちは、私が前に泊まったマンションの近くのホテルに部屋を取り、その夜はそこに泊まることにしていた。しかし、そのホテルの部屋にはシャワー室だけで浴槽がないので、まずマンションに行って、ヨーコを風呂に入れ、その後でホテルに行くことにしていた。荷物の搬出が終わる時間を見計らってタクシーを予約していた。タクシーの予約時間に少し間があったので、テーブルと椅子のあるおばあちゃんの家に行って時間をつぶした。
ヨーコはピアノを弾いた。体が大変だろうに、やっぱりショパンを弾いた。こんな時もショパンなんだ！　これがヨーコが弾く最後のピアノなんだろうな！　私はヨーコがまじめに、真剣に弾くピアノを聴いたことがなかった。うまかったらしいが。前に、私が頼んでノクターンの二番を弾いてもらった時も、なんていうか、ヘロヘロと、ついでのように軽々と弾いていた。真剣な演奏には思えなかった。ヨーコにとっては構えて弾くような曲ではなかったのかもしれない。

タクシーが来た。ヨーコの入浴の道具やら、化粧品、薬などで結構荷物があった。それを積み込みタクシーで出発した。高速道路に乗って、東京に入る頃、タクシーの運転席からピーピー鳴る音が聞こえてきた。なんだろう？　しばらく走った後、タクシーは高速道路の路肩に寄って停止した。ハイブリッドシステムのダウンだという。えっ、そんなことってあるの？　運転手も相当慌てた様子で、営業所に連絡を取っていた。代わりのタクシーがやってくるという。とはいえ、ほとんど家の近くから高速に乗るようなので、相当時間がかかりそうだった。路肩に停まっているが、横をトラックが勢いよく通過すると、タクシーは相当揺れた。そのたびに、ヨーコは「怖い、怖い！」と言って、半泣きのような、笑っているような顔で私にしがみついてきた。

「何でこんな目に遭わなくちゃいけないの？」

運転手も、じっと車の中にいるのは耐えられない様子で、外に出て車の後ろで代車が来るのをいらいらして待っていた。トラックがガンガン横を通る。すごく長い時間待っていたような気がした。そのうち、無線機が鳴り出した。私はタクシーのドアを開け、運転手に無線が入っていることを告げた。運転手は車内に戻り、無線に応答した。代車から、どこにいるか、という問い合わせだった。高速道路のその場所はなかなかいい目印がないらしくて、どこそこを通り過ぎたあたり、というやり取りだった。

しばらくすると、代車の方から、「見えた、見えた」という無線が入った。代車が路肩でタクシーの後ろにつけ、まず荷物を積み替えた。その後、私たちが乗り替え、代車のタクシーが出発した。少し走ると、すぐ目的のマンションが見えてきた。後少しだったのになあ！

なんとかマンションに着いた。まだ家具は何もないので座るところもない。タクシーの中で横になりたくなった時用に持ってきたクッションを床に置いてそこにヨーコを座らせた。急いで浴槽を洗い、お湯を張り始めた。リビングに戻ると、ヨーコは外を眺めていた。薄暗くなってきた時間だった。東の窓を見ると近くの高層ビルに明かりがつき始め、高層ビルの都会の夜景が始まろうとしていた。南を見ると海があり、その向こうにゲートブリッジが見える。ゲートブリッジの下の部分に青いランプが点灯し、きれいだった。

「眺めがいいわね。素敵！」。ヨーコが言った。

ヨーコが風呂に入っている間に、私はミルサーを使って、今晩と明日の朝用にヨーコの食事を作った。ヨーコの入浴は長い。ただでさえ長いのに、風呂を出た後、レティナや胃ろうの洗浄、再装着、放射線で焼けた皮膚のメンテナンスがあり、一層長くなっていた。ヨーコの入浴が終わり、一休みした後、ホテルに向かった。借りたマンションは三棟あるマンション群のうちホテルから一番遠い棟だった。マンションの中廊下を通り、外の回廊を通って、ホテルにたどり着いた。ヨーコの食事を用意し、私はシャワーを浴びた。その夜ヨーコはよく眠れなかったようだった。

翌朝荷物の搬入があるので、朝早くホテルをチェックアウトし、マンションに向かった。

荷物の搬入が始まった。私は何をどこに置くか指示した。私が寝る予定にしている部屋のベッドを優先して搬入組み立てしてもらい、そこにヨーコを寝かせた。やがて搬入が終わった。夕方にはテレビ、ビデオ、洗濯機などの電気製品のセッティングに電気関係の人が来る予定になっていた。

それまで少し時間があるので、複合施設のショッピングビルに出かけた。マンションを出て道路を横断すると、すぐその一階にイオンの入口があった。近い、こんな間近にスーパーがあるところに住むのは初めてだ！　ヨーコとぐるりとイオンの中を見て回った。

「うちの方のイオンよりちょっとおしゃれなものも置いてあるわね」。ヨーコが言った。

メロンの半球が売っていた。いわゆるメロン色の緑の果肉の物と、オレンジ色の果肉の物と二種類あったが、ヨーコはオレンジ色の物が良いと言うので、そちらを買った。他にとりあえず必要そうな水、牛乳、そしてお酒などを買った。

「上の階も見ていく？」。私が尋ねた。そのビルは五階建てで、上の階にはヨーコが好きそうな洋服や小物、食器などを売っているお店がいっぱいあった。

「疲れたから帰る」

マンションに戻ってしばらくすると電気関係の人が来て、テレビなどをセットして帰った。最近は見事に分業制なのだ！

翌日、梱包解きの人たちが来て、荷をほどき食器、衣服などをそれぞれの場所にしまってくれた。だいぶ部屋らしくなった。

午後から食料を買いに銀座の三越、松屋に行くことにした。タクシーを呼んでマンションの通りから大通り、晴海通りに出ると、あとは一直線で銀座まで行ける。これは便利だ！　三越、松屋を行き来して、ヨーコの好きな、ケーキ、だしベースの総菜、中華の総菜、イタリアンのピラフ、フライドポテトを買う。それらを家から持ってきた髙島屋の大きな保冷バッグに入れる。三越で髙島屋のバッグねえ、ハハッ！「パパも何か美味しそうなもの買って！」と言うので、中華惣菜をいくつか買った。

三越から地上に出て、タクシーを拾って帰る。住所を一応運転手に告げるが、最後のマンションに入る道が分かりにくいので、「とりあえずまっすぐ走って下さい。案内します」と告げた。

借りた部屋はほとんどのところにしゃれた天井灯がついていたが、唯一ダイニングのところに天井灯がなかった。まあ大丈夫かな、と思っていたが、実際夜食事をしてみると、暗いので何か天井灯を買ってくることにした。スマホでいろいろ調べたが、近くに、いわゆる電気屋さんはなかった。隣のショッピングビルを回ってみたがそれらしいものはなかった。なんだかおしゃれなものはいっぱいあるんだけどなあ！　スマホで調べるともう少し台場に近いところに電気屋さんがあった。道もよく分からないので、タクシーでそちらに向かう。

調べた場所に行くと、それらしい店はなかった。そのビルのインフォメーションのお姉さんに尋ねると、以前はあったが最近撤退したという。これも新型コロナのせいか？　近所に電気店はないかお姉さんに聞くと、調べてくれ、隣のビルにあるという。歩いてそちらに行く。電気店はあったが、スマホ、ＰＣ、美容家電など今風の製品は並んでいるものの天井灯は見当たらなかった。店員に尋ねると、最近はそういうものは置いていない、発注は可能、と言われた。

時間がかかりそうなので他を当たることにした。またスマホで調べる。少し遠いが私も知っているようなカー用品店に電気製品を売っているという情報を見つけた。カー用品店だよなあ、本当かな？　別館でもあるのかな？　とりあえず、またタクシーを拾ってその住所に行った。カー用品店だよな！　どこかに別館がある？　ないよなあ！仕方がないので店員さんに聞いてみる。そこは名前の通りカー用品店で電気製品は置いていないと言う。そうだよな。

「最近そういったデマめいたものがインターネットに載っているんですよね」。店員が言った。

「この近くだと、どこでシーリングライトを売っていますかね?」。私が尋ねた。店員は少し考えて、「豊洲のビバホーム、ですかね」と教えてくれた。えっ、ここに来てもビバホームなの? 家と一緒じゃない! またタクシーを拾って豊洲のビバホームへ行った。ビバホームの売り場は広くて難儀したが、さすがに天井灯は売っていた。そこで天井灯を買って、またタクシーで帰った。天井灯よりタクシー代の方がうんと高いじゃない!

マンションに帰って天井灯をつける。ダイニングテーブルが明るくなった。こうじゃなくちゃ!

ヨーコは夜よく眠れなかったらしく、私が天井灯を求めてじたばたしている間、ベッドで寝ていた。病気が進んでいるのか、最近ではベッドで臥せっている時間が多くなった。

「だんだん体がつらくなってきたの。あれ以上遅くなったら、引っ越しもできなかったと思う」。ヨーコが言った。

翌日、おばあちゃんの住所変更の手続きに家に戻った。おばあちゃんの施設は家とは別の市になるので、転出届と転入届は、別の役所に行かなければならない。転出の方はいつもの区役所なので分かるが、転入届の役所にたどり着けるかな？　案の定転入届の方は大変だった。スマホで調べると、施設のそばにその市の役所の出張所があるというので、そちらに行った。受付で話をすると、そこは出張所なので転入処理は扱っていないという。そこで、どこに行けば良いか地図をもらった。電車で別の駅まで行くようだった。幸いそこは駅の近くだったので助かった。なんとか処理を終えた。

マンションを留守にするので、ヨーコの昼食用の食事を用意して出てきていた。戻ると、食事には全く手を付けていなかった。ずっとベッドで臥せっていたと言う。だんだん肩が痛くなってきてつらいとも言う。病院でもらった痛み緩和の薬はきちんと飲んでいるのに！

翌日新しい洗濯機が搬入され、その次の日電気屋さんが来て洗濯機をセットアップした。

翌日、病院に検診に行った。緩和ケアの医師の診察を受けた。だんだん肩が痛くなってきたことを告げた。いろいろ診てくれ、ひょっとすると、肩こりかもしれない、という見立てだったが、湿布薬に加え、今より頻繁に飲めるモルヒネベースの薬を処方してもらった。その後総合腫瘍内科の医師の診察を受けた。今度の医師は女性だった。追加の投薬は行わないことにしたので、総合腫瘍内科としては特にすることはないが、何かあったらいつでも相談に乗ってくれると言ってくれた。また、痛みがひどいようなら、少し入院して、いろいろ薬の種類やその量などを調整する、適正化をしてはどうか、と言われたが、ヨーコはどうしても入院が嫌なようで、それは辞退した。

ショッピングビルの三階と五階に喫煙所があった。私はたびたびそこに行ってタバコを吸った。「タバコに行ってくるね」とヨーコに言うと、ヨーコは笑った。問題は朝だった。ショッピングビルの二階以上は朝の十時まで開店しない。最初の日の朝、マンションを出てタバコが吸える場所を探した。少し前まで、コンビニにはたいてい灰皿が置いてある喫煙場所があった。しかし最近、特に東京のコンビニでは、ほとんど灰皿は置いていない。探し当てたコンビニにもやはり灰皿のある喫煙所はなかった。どうしよう？　せっかく外に出てきたのに。あっ、そうだ！　国際展示場の広場のような通路のところに喫煙所があったのを思い出した。コンビニを探して別方向に来たので、結構遠い。しかし歩いてそこに行くことにした。高い金を払って、毒の煙を吸う。そのためならばどこまでも歩いていく。馬鹿じゃないの！と自分でも呆れるが、止められない。

その喫煙所まで歩いていって、タバコを吸った。一本吸う。こんなに遠くまで歩いてきたら一本では帰れない。缶コーヒーを買ってベンチに座って飲む。その後さらに一本吸って帰る。秋葉原にいた時と同じである。朝、目が覚めると急いで服を着替え、その喫煙所に歩いていくことが日課になった。雨の日も傘をさしていく。ほんと、あほだね！

ある朝、ベンチに腰掛け缶コーヒーを飲んでいた。カラスがごみ箱から昨日の夜誰かが食べた弁当の残骸らしいものを引きずり出してきた。まだ食べ物が残っているらしい。カア、カアと鳴くとそれを聞きつけたらしく、カラスが五、六羽飛んでやってきた。私の横をかすめて飛ぶ。結構怖い。私の目の前の草むらでは雀が数羽ジャンプしながら、草の実をついばんでいた。ハトも数羽いた。ハトは人がいようがいまいがお構いなしに、マイペースで地面を歩いている。鳥、小さいからいいようなものの、よく見ると結構恐ろしい姿をしている。木に止まる都合があるせいか足の爪が鋭い。くちばしも尖っている。これでつつかれたら痛いだろうな。昨今の学説によると、鳥類は恐竜の子孫だそうだ。だが今は、図鑑で見るような翼竜は見かけない。大きな鳥では、ダチョウやアホウドリがいるが、テレビなどで見る限り、どちらかと言うとユーモラスだ。隕石が地球に衝突し、地球が灰で覆われた極寒の時、獲物は極端に減ったから、小さい体の物しか生き残れなかったのかな？　などとくだらないことを考えた。

マンションは借りている部屋なので、あまり汚したくない。それで清掃業者に依頼して四週間に一度掃除に来てもらうことにした。

ヨーコの肩の痛みはだんだん激しくなるようで、ほとんどの時間ベッドで臥せっているようになった。羽田空港が近いので、発着の飛行機が頻繁に見える。ヨーコはベッドから窓越しにそれらを見ていた。また、マンションの部屋は三十一階と結構高いのでヘリコプターがすぐ横を飛ぶことがしばしばあった。ある時、パイロットの顔が見えた、と言ってヨーコははしゃいだ。

ヨーコはもう一緒に買い物には行けなくなった。私は一人でタクシーに乗って銀座に行きヨーコの食べ物を買ってくるようになった。電車で行くと時間がかかり、ヨーコが心配なので、一人でもタクシーを使った。だんだん味の濃いものは刺激が強くなったようで、イタリアン、中華の惣菜はもう食べられなくなった。ケーキと薄味の和食の惣菜がメインになった。それらと、メロンをそれぞれミルサーで液体にし、スポイドで喉に流し込むのがヨーコの食事だった。

まだ家にいる時、おばあちゃんがいいものがあると言って、ヨーコに小さな呼び鈴を持ってきた。呼び鈴で誰を呼ぶの？ 私？

その呼び鈴が活躍する日が来た。ベッドでヨーコが、チリン、チリンと呼び鈴を鳴らす。私が、「どうした？」と言ってヨーコが寝ている部屋に行く。西洋映画にあるような、女主人が鈴を鳴らし、執事が「奥様ご用は？」といそいそ現れる、といった感じになった。腕が痛いので、脇の下を揉んで欲しい、と言う。十分程度揉む。少し良くなったと言って、最初の頃はそこで解放してくれた。

ヨーコのベッドの上の枕元に、クリスマスの頃日本橋三越で撮ってもらったものか、幼い息子の写真が入ったプラスチックの透明なメダルのような物が置いてあった。ヨーコは時折それを見て泣いていた。

息子がまだ幼かった頃、ヨーコは二、三カ月に一回程度、幼い息子を連れて日本橋のデパートに行っていたようだ。まだオムツをしているような幼い息子は、替えのオムツと、当時寝る時に必ず握って寝るウサギのぬいぐるみを小さなリュックサックに入れて背負い、ヨーコと出かけていたようだ。ヨーコはその当時の話を時々私に話してくれていた。よほど印象的だったのか、何度も何度も私に話すことが二つあった。

一つ目の話は、当時の三越にあった、円形で中が見え、内部が六つに仕切られたボックスに入ったキャンディのことだった。子供たちはこのボックスから、小さなかごの中に好きなキャンディを取って会計をするという方式だったようだ。うちの息子はその小さなかごを必ず二つ持っていき、同じキャンディをどちらのかごにも同じように同じ数だけ入れてヨーコのところに持ってくるのだという。

「どうしてかごが二つなの?」。ヨーコが聞いた。

「こっちは今食べるやちゅ、こっちは電車で食べるやちゅ」と息子が答えたという。

二つ目の話は、何かの理由で、息子が買って欲しいものを買えなかったことがあった時のものだった。

「今度ね」。ヨーコが言った。

「うん、分かった。今日じゃないんだね」と息子が答えた。ヨーコがホッとしたのもつかの間、

「いちゅの今度？　ねーママ、いちゅの今度？　パパと来た時？　パパはいちゅ来るの？　……」

日頃口数の少ない息子が、機関銃のように問い詰めた、とヨーコが話していた。びっくりしたのだろう。私が一緒に行くはずはないのだが、幼い息子としては、その時と違う条件設定をするために私の名前を考え付いたのだと思った。その場をどう収めたのかを、ヨーコは教えてくれなかったが、その後、息子が大きくなってからも、息子がちょっと驚いたことをすると、「なんせあの子は『今日じゃないんだね！　いつの今度？』だからね」と言って笑っていた。

そんな幼い息子と過ごした時間を思い出して、泣いているのだと思った。

ヨーコは最後まで、〝あの子のことが心配、ずっと見守っていたかった〟と筆談で使

うノートに書いていた。

八月の半ばぐらいから、ヨーコの肩の痛みがだんだん激しくなってきたようだった。ヨーコの食事の用意をして、ヨーコを起こしに行くが痛くて起きられないという。十分程度脇の下を揉む。何とか起きられるようになったらしく、ダイニングに行って食事を始めるが、五分ぐらいで中断し、肩を押さえ、洗面所に行き、大急ぎで口を漱いで駆け込むようにベッドに入り込む。また私に揉めと言う。そういう時は、十分程度の揉みでは収まらない。小一時間揉むとこちらの手が痛くなるので揉むのを中断すると、もっと揉んで欲しいと言う。

翌日は、一口二口食事をすると、もう痛くて起きていられないらしかった。肩を押さえ猫背でベッドへ直行する。こんなに食事がとれないとますます痩せてしまう。体重はもう四十キロを切っていた。その日は診察日ではなかったが、急遽病院に電話し、緩和の医師に診察してもらうことにした。タクシーで病院に行く。待合の時間、ヨーコは車椅子に座って背中を丸めていた。私は脇の下を揉み続けた。前を通る人たちが怪訝な顔をして見ていった。

医師の診察を受け、薬を変更してもらった。今回は内服液と、新しい貼り薬の二種類を出してもらった。ヨーコは動くことも苦しいので、院内薬局で薬をもらった。薬を待つ間もヨーコは車椅子に座って腰をかがめて苦しそうだった。薬を受け取る時、薬剤師が、「ここで飲みますか？　飲めますよ」と言ってくれた。「いいのですか？」と私が言い、薬の袋から内服液を一袋出し、ヨーコに飲ませた。しばらくすると少し痛みが治まったようで、その後タクシーでマンションに帰った。薬を渡された時、その内服液は痛い時飲んでいいが、いつ飲んだか記録するように、と記録用の手帳を渡された。モルヒネベースの薬だからだろうか？

翌日、新しい薬が効いたのか、ヨーコは少し長い時間起きていられるようになった。

ヨーコは夜眠れないらしく、私が朝起きると、何時に内服液を飲んだ、というメモと内服液の空き袋がダイニングテーブルの上に載っていた。私はそれを記録手帳に記入する。朝私が起きる時間に、ヨーコは眠れているようだった。私は、服を着替え、エアコンをつけ、タバコを吸いに朝の散歩に出る。帰ってくると、ヨーコがベッドから、「おかえり」と半笑いの声を上げる。ここ数日肩を揉めと言われなくなった。

その内服液を飲む間隔が日増しに短くなっていった。また痛みが増してきているのかな？

息子が、ヨーコの様子を見に来てくれた。そして出された薬の解説をしてくれた。ヨーコがベッドに寝ている時間が長いという話をすると、

「ママ、大変だろうけど、歩く練習をした方がいいよ。そうしないと歩けなくなっちゃうよ」と息子が言った。

「分かった、頑張ってみる」とヨーコが答えた。ショッピングビルの中を散歩できるといいんだがなあ！

翌日ヨーコはベッドから私を呼んだ。散歩すると言う。しかし、もう一人で歩ける状態ではなかった。ヨーコの肩を支えて、マンションのドアの外に出た。ヨーコがよ

たよたと歩き出した。

「この中廊下一周ね」。ヨーコが言った。

ゆっくりゆっくり、マンションの同じ階の中廊下を一周した。結構長い廊下なので、ヨーコの足だと時間がかかった。一周が限界のようだった。

「もう入る」と言って部屋に戻り、ベッドに臥せった。ヨーコの手術した方の左腕がだんだん動かなくなってきた。左腕の向きを変える時、右手で左の手首を持って、ヨイショと左腕の向きを変えるようになってきた。

そんな苦しい中であったが、ヨーコは毎日入浴した。元来風呂好きであることもあったが、放射線の後の日焼けのメンテや喉のレティナや胃ろうの洗浄などがあるためだった。それだけは私にやれとは言わなかった。ヨーコは何も言わなかったが、左腕がうまく動かないので、すごく大変な作業だったと思う。放射線の日焼けはほとんど分からなくなってきていた。

日々痛みが増してきているようだった。内服液をもらう前のように、起きるとすぐ腕が痛くなり、ベッドに臥せるようになった。ベッドに寝ていると少し楽なのだと言った。

診察の日に病院に行って状況を伝え、貼り薬に代えモルヒネベースの飲み薬を出してもらった。前の内服液は以前と同様に飲んでよいということだった。今度の飲み薬は服用の時間が決められていた。

新しい飲み薬の服用でヨーコはだいぶ楽そうになった。しかし数日すると、飲み薬と飲み薬の間の切れ目で腕が痛くなってきて、その間の時間に内服液を沢山飲むようになった。次の診察の時、この話をし、飲み薬の回数を増やしてもらった。

飲み薬の回数を増やすと数日間は楽そうになったが、また痛みが増してきた。

「この痛みだけなのに……」とヨーコが嘆く。ヨーコの左腕は完全に動かなくなった。

「指先は動くのよ」と半笑いで左手の指を動かす。

月が変わった。朝、ヨーコが鈴を鳴らして私を呼ぶ。

「パパ、入院するから病院に電話して！」

「えっ？」

「朝から腕が強烈に痛いの！　ムカムカする！　頭が痛いの！」

あんなに入院を嫌がっていたのに、よっぽどなんだろうな！　私はすぐ病院に電話した。総合腫瘍内科の受付に来てくれ、と言われた。タクシーを呼んですぐ行こうと思ったが、そうはいかなかった。ヨーコは病院に持っていくものを荷造りするように私に言った。スーツケースを出し、ヨーコの指示で必要な物を詰めた。その準備はヨーコ流で細かい指示が沢山あり、結構時間がかかった。こんな物も持っていくんかい？というようなものもあった。一通り準備ができたのでタクシーを呼んだ。本当、タクシーアプリは便利だ！

タクシーに乗り込んで病院に向かう。途中で病院から電話が入った。

「どうしました？」。遅いので心配して連絡してくれたようだった。

「今タクシーで向かっています」。私が答えた。

病院でヨーコを車椅子に乗せ、受付を済ますと、総合腫瘍内科の看護師が近くの処置室に連れていって、ヨーコをベッドに寝かせてくれた。しばらくすると、女医さんがやってきて、ヨーコの様子を診てくれた。その時緩和の病室は空いていないということで、とりあえず内科の病室に入れてくれるということになった。しばらくその処置室にいた。ヨーコは痛みが増してきたのか、薬を飲みたいと言い出した。持ってきた薬を飲ませた。その場で入院の手続きをした。少しすると緩和の医師がやってきて、緩和病棟の説明をしてくれた。緩和の病室が空き次第移れるということだった。緩和病棟の手続きもその場でした。病室の準備ができたらしく看護師がやってきて、ヨーコを車椅子に乗せ処置室を出た。私はここでお別れだった。

「ママ、頑張ってね！」。私はこんなことしか言えないのか！

痛そうに腰をかがめたヨーコを乗せ、車椅子は看護師に押され、廊下の角を曲がって見えなくなった。

一旦マンションに戻り、一度に持っていかれなかった残りの荷物を届けに再び病院に行く。やはり新型コロナ禍なので病室には入れない、内科の病棟の扉のところで、看護師に荷物を渡す。

「少し待っていて下さい」と看護師に言われ扉の前で待っていた。待っていると、看護師がやってきて、

「ピンクの靴下がない、と言っていますけど。ベッドの上にあるそうです」と言う。入れ忘れたかな?

「戻って取ってきます」

急いでマンションに戻り、ベッドの上を探す。ないぞ! ヨーコに電話するが、何を言っているのか聞き取れず、病棟の看護師に電話して状況を伝え、ヨーコに確かめてくれるように依頼する。しばらくするとヨーコからLINEが入った。

〝靴下、ありました。笑!〟

笑、じゃねえよ!

後で分かったことだが、ヨーコが突然入院したいと言い出したのは、腕の痛みのせ

いだけではなかった。左腕がほとんど動かなくなり、ヨーコは自分で首のレティナや胃ろうの洗浄取り付けが難しくなったためだった。代わりに私がやれば良さそうなものだが、長年の生活で、私の不器用さをしみじみ知っていたヨーコは、私には任せられないと判断したのだった。実際任せられた場合を想像すると、おそらく、取り外しと洗浄はできそうな気がするが、再装着の時、あれ、おや、ということになり、ヨーコを痛い目に遭わせそうである。

ヨーコが入院した後もいつものようにショッピングビルの喫煙室でタバコを吸った。話をしているカップルがいるとちょっぴりうらやましく感じた。これは、はるか昔に忘れてしまった感情だった。

喫煙室は窓がなく少し暗い部屋で、天井にはめ込まれたスポットライトのようなランプが光の円錐を作っていた。タバコの先を離れた物は、この光の円錐に入った途端一筋の煙になって輝いて見える。煙は空気の分子の衝突を受けだんだん筋を乱しながら上昇する。

やがて霧のように拡散したところで天井に取り付けられた換気扇に吸い込まれる。
この煙も、私が勝手に想像するエーテルの中を漂っているのだろうか？

＊＊＊

ここから先は何の根拠もない、荒唐無稽な空想である。無理やりこの世界を想像し納得しようという妄想的試みである。

いろいろ、勝手に試行錯誤して私がたどり着いた妄想的モデルは、『この世界は我々が知る最も小さい物質より小さなエーテルで隙間なく満たされている』というものだった。

このエーテルの粒（？）がエネルギー（静止エネルギー）を帯びた状態が、我々が知る物質になる。おそらく一つのエーテルが背負えるエネルギーは決まっていて、大きなエネルギーはいくつかのエーテルの集団が担っている。これにより質量の違いや大きさの違いが現れる。

エーテルがエネルギーを纏うと周囲のエーテルにいろいろな力を及ぼす。電磁気力、引力、（極端に近寄った時の）斥力などである。この中でもっとも強い力は電磁気力である。これは相当遠くのエーテルまで影響を及ぼす。

イメージとしては釘に磁石を当てると釘全体が磁石になる、といった状態かな？

エーテルが帯びたエネルギーが、静止したエーテルの粒の間を移動していく状態が物質の移動、すなわち力学的運動になる。そしてこのエネルギーが他のエーテルに移動する最大速度は光速で、それ以上の速度にはなれない（数式上は光速未満）。

エーテルが静止エネルギーを纏うことで、陽子、中性子、電子、それ以外の素粒子といった物質が現れる。それらが周囲に及ぼす電磁気力や斥力あるいは量子力学が示す法則で原子が構成され、その中の電子が他の原子との結合を生み分子などが作られ、我々が知る、通常の世界が具現化する。

このような妄想的モデルを仮定すると、我々が移動する時、別のエーテルに移動する、という何とも気持ちの悪い現象が起こるが、静止エネルギーはそれぞれ原子、分子等の相対的位置関係を崩さず、私たちが知る物体はそのままの形で移動するので、違和感を覚えることはない。

物質がその波動関数の絶対値の二乗の確率で存在する、という量子力学の気持ち悪さといい勝負かもしれない、などとも思う。

文字が動いて多くの情報を伝える電光掲示板がある。我々は発光体が二次元に並んでいて、それをプログラミングで制御していることを知っているが、遠くから見ると文字そのものが動いているように見える。テレビもまたしかりである。発光素子が光ることで画像を生み出している。仮にテレビの中の登場人物に意識があったとしても、彼等は自分が二次元の静止した発光体の集合の中で動いているとは思わないだろう。

依然として、電荷に正と負がある理由は説明できないが、他の素粒子、スピンの方向や性質で生まれるものと思うことにした。

この荒唐無稽なモデルを仮定すると、私はいろいろ勝手に合点できることがある。

何故物質は光速以上の速度になれないのか？　引力とは何か、空間がゆがむとはどういうことか？　何故真空中に誘電率や透磁率があるのか？　量子力学が何故波動関数で表されるのか？などである。

前述したように、私が死ぬまでに、これらの疑問が学術的に明確になるとは思わないので、私はこのモデルでこの世界を空想することにした。

第五章　旅立ち

朝のタバコ散歩の意味合いが変わった。喫煙所に行く途中に病院が見える。私は病院の方に向かって、「ママおはよう」と呟く。

自分一人だと食事を作る気も起きない。朝は今まで通りパンと卵焼きなどを作って食べたが、昼はショッピングビルの五階にあるレストラン街のフードコートで食べた。夜は一階のイオンで酒の肴兼夕食になりそうなものを買ってマンションで食事した。土日の昼食が問題だった。土日の昼は家族連れでフードコートやレストランはいっぱいになり、席が取れない。時間をずらすか、マンションで食べるものを買って帰るか、だった。

ヨーコが入院した翌日、病院の看護師から電話があった。ヨーコは話がよくできなくなったので看護師に電話を依頼したようだった。腹巻、歯ブラシ、スポンジ、コップ、ノート、ビニール袋等を持ってきて欲しいという連絡だった。部屋にないものはショッピングビルで購入して、病院に届けた。病棟の入口の自動扉のところでの、看護師への受け渡しだった。

翌日、そして翌々日も、ヨーコにLINEを送るが、既読にもならず、返信もない。スマホを見る元気もないのかな?と思ったが、心配になり、病院に行って状態を聞くことにした。何とか病棟の看護師に連絡を取ってもらった。事情を話すと、病棟の看護師長が対応してくれ、病棟の扉の中の、リビングというかダイニングというかテーブルと椅子が並んだ、扉を入ってすぐの場所に入れてくれ、ヨーコの状態を教えてくれた。ヨーコは特室に移りたいと言っているらしかった。ヨーコが前に入れてもらったランクの特室は今いっぱいで、そこより室料が、二倍、三倍の部屋は空いているらしい。ヨーコはその高い部屋でもいいから移りたいと言っているらしかった。「ハワイ旅行に行ったと思えばいい」と言っているとのことだった。

少し待っていると、看護師が車椅子に乗せてヨーコを連れてきてくれた。私の顔を見ると嬉しそうな表情をしたが、苦しいのかすぐにテーブルに上半身をうつぶせて、私と話をした。何とかやれているという。特室の話は看護師長が私に説明してくれたことと同じことをノートに書いた。〃ハワイ旅行に行ったと思えばいいのよ！〃

ヨーコは大学の時、演奏旅行という名目で一カ月間ヨーロッパのいろいろな国、主に有名な音楽家の出身地を巡る、修学旅行？に行っていた。息子が大学生の時、家族でイタリア旅行をしたこともあった。しかし、ヨーコはアメリカへは一度も行ったことがなかった。親しい人がハワイに行って、その話をヨーコにしてくれていたので、最近ヨーコはハワイに行ってみたい、と言っていた。

高くて広い特室？　通常ならまだしも、このコロナ禍で誰も面会できないのに、テレビドラマに出てくるような、中で会議ができる大きな部屋に一人でいてどうする！

翌日、病院から電話があった。緩和病棟の部屋が空いたので、その次の日部屋を移れるということだった。良かった！　緩和病棟は、私も入れて面会ができるという。そのルールを説明するので次の日の午後指定された時間に、緩和病棟の受付まで来るように言われた。

翌日指定された時間に緩和病棟に行き、説明を受けた。主たる守りごとは二つあった。一つ目は面会時間を守ること。入出時間が午後のある時間に決められており、その時だけ自動ドアが開く。面会時間は一時間。自動ドアを入ったところにある用紙に面会者の続柄を記入し、入室時と退出時に時刻を記入する。二つ目はマスクを必ず着用することだった。

説明が終わった後、ヨーコの病室に入ってヨーコに会った。痛み止めは点滴のように常時つながっており、痛みが出た時、手元のスイッチを押すと、痛み止めが注入されるような格好になっていた。このため、ヨーコはずいぶん楽そうになっていた。

「スマホが壊れたみたいなの、直して」

と言って、スマホを指さした。確かに画面が表示されない。そこでは何ともできないので、持ち帰って、専門業者に相談することにした。

ヨーコは、もし自分が死んだとしても、葬儀には誰も呼ばないで欲しいと言っていた。こんな姿を誰にも見られたくないのだろうな、と思った。おばあちゃんと息子と私の三人で見送って欲しい、と言っていた。私は、ハイハイ、と返事していたが、もしヨーコが亡くなったら、ヨーコが携帯のLINEで連絡を取り合っている人たちに、そのことを知らせ、もしお気持ちがある人がいれば葬儀に参加してもらうつもりでいた。だから、ヨーコのスマホが壊れたのには困った。私はヨーコと親しくしている人たちが誰かほとんど知らなかった。

携帯電話、スマホを修理しているという店をインターネットで調べ、三軒ほど回って見てもらった、どこに行っても、画面が表示されないと手の出しようがない、と言われた。最後は、電話会社、キャリアに電話して、該当のデータだけでも取り出せないか粘った。費用は高くても良いと言ったが、それは対応できない、と言われた。結局、そのスマホは電話会社に返却し、同機種の新しいものと交換してもらうことになった。幸いポイントがたまっているとかで、費用はかからなかったが、データは全てなくなってしまった。これもヨーコの霊力のなせる業か？

毎日、ほぼ決まった時間にヨーコの病室に行った。ヨーコは嬉しそうな顔をして、いろいろ話をする。ヨーコの話が聞き取れないことが多くなった、それでヨーコは筆談の比率が非常に多くなった。部屋に行き、少し牛乳で割ったコーヒー、リンゴジュース、お茶を入れたカップを並べた。ヨーコはスポイドでそれらを飲み、美味しいと言っていた。時折、銀座に出かけて、ヨーコの好きな、ケーキやゼリーを買い、ミルサーで液状にし、持っていった。

一時間はあっという間に過ぎる。「もうそろそろ時間だから、退散しないと」と私が言うと、ヨーコはそれから、あれをして欲しいこれをして欲しい、一階の売店に行って何々を買ってこい、と言い出す。帰って欲しくないんだろうな。でもねえ……。ヨーコの要求に答えた後、退出の時間を少しごまかして帰る。

また、部屋に入ると、〝マスクを取って〟とノートに書く。新しいマスクを取り出して、ヨーコに差し出すと、〝違う、パパのマスクを取って！〟と書く。私のマスクを外せということだった。それはルール違反なんだけどな！　仕方なく、マスクを外す。

こんなジジイの顔が見たいなんて言うのはヨーコだけだよなあ！　そうしてマスクを外していると、部屋に入ってきた看護師に、「マスクをして下さい！」と何度も注意された。要注意人物になってしまった！　ある時、緩和の医師からマンションにいる私に電話がかかってきた。ヨーコの状態などを少し説明してくれたが、最後に、病室ではマスクをしていて下さい、と言われた。最後の言葉が電話をした理由なんだろうな！　看護師たちから、『困ります』という話が上がったに違いなかった。

ヨーコはスポイドで食事をするため、途中で手が疲れたりして、食事時間内にはあまり食べられないということだった。だんだん痩せてきて、本人も気になっているのだろう。「胃ろうを使おうかな」と言い出した。私はその旨を看護師に伝えた。

翌日、総合腫瘍内科の女医さんがヨーコのところに来て、胃ろうのことをよく説明してくれたらしく、ヨーコも、嫌がっていた胃ろうを使うことを納得したらしかった。

もう左腕が全く動かず、ただ重いだけで、そのせいで肩が痛いらしい。「三角巾をしたら？」と言うと、「三角巾はごわごわして嫌だ」と言う。何かいい手はないかと考えた。腹巻は柔らかいので、それを首に掛けて、腹巻の一方は首の根元に、そして反対側に左腕を入れることを思いついた。腹巻は、支える力は強くないがそれでも少し楽だという。それをすると、車椅子もかがまずに乗れた。

最初の頃、ヨーコを車椅子に乗せ、外の空気が吸えるバルコニーに連れていって、二人で日向ぼっこをしていた。後で知ったが、これもルール違反だった。

時々息子が様子を見に来てくれた。息子が来ると、ヨーコは、少し調子がいいと言った。

ヨーコは胃ろうを使い始めた。最初は一日一回からだということだった。私が、ケーキやコーヒーゼリーを液体にしたものを持っていくと、「美味しい、美味しい」と言って飲んだ。

点滴で痛み止めを注入していたが、やはりだんだん痛みが強くなっていったようだった。私が行くと、脇の下を揉んで欲しいと言うようになった。

九月二十三日。

緩和の医師から電話があった。ヨーコが熱を出したということだった。感染も疑われるので念のためレントゲンを撮ったが、肺に異常はなさそうだ、と言う。息子にも電話してもらえるとのことだった。

病室に行くと、ヨーコはいつもと大差なさそうに見えたが、少ししんどそうだった。息子から連絡があり、ヨーコが何か飲みたいというなら、誤嚥を恐れずに何でも飲ませてあげて、と言われた。

前回息子に会った時、

「ママの葬儀とかどうする？」と聞かれた。

「十月になったら葬儀屋に電話しようと思っている」と私が答えた。

「それでは遅いかもしれない、早めに予約しておいた方がいいよ」と息子が言っていた。息子はこの病院には、ヨーコが侵された部位を中心に研修に来ていた。何人もの患者さんを診てきたに違いない。息子は、彼の母親がこの先どうなるか手に取るように分かっていたのかもしれなかった。時期をあいまいに、そして少しぶっきらぼうに私に告げたのは彼の優しさだったのかもしれない。本当は、「こんなことのためにここで研修したんじゃない！」と叫びたかっただろう。

葬儀屋に連絡を取った。おじいちゃんの葬儀の時依頼した葬儀屋で、おばあちゃんの名前で登録があるので会員扱いだということだった。後日、担当者がマンションの部屋に来て打ち合わせをする、ということだった。

連絡が終わった後、私はうなった。ううーん！

九月二十四日。

ヨーコは一層調子が悪そうだった。ベッドから起こせ、コーヒー、お茶が飲みたい、と言うので用意した。

息子が様子を見に来てくれた。途中でヨーコはトイレに行きたいと言う。いつまでたっても出てこない。どうしたの？と聞くと立ち上がれないという。息子と二人がかりで何とかトイレから出した。また、コーヒー、お茶が飲みたいと言う。私がスポイドにコーヒーを吸い上げて渡すと、ヨーコは美味しそうに飲み始めた。それを見ていた息子が言った。

「ママ、ママ！　レティナからコーヒーが漏れているよ。もうやめな」

息子がヨーコからスポイドを取り上げようとするが、幼い子供がするように、それを離さず、飲み続けた。

「駄々っ子みたいだなあ」。息子が笑った。前日医師にもらったレントゲンと血液検査の結果のコピーを息子に見せた。レントゲンのコピーを見て、がんは相当広がっている、そして検査データも異常値が沢山ある、と息子が言った。そうなの?!


九月二十五日。

緩和の医師から電話があった。今日から面会の時間制限はなく、いつでも面会可能だということだった。ただし、二十二時から翌朝七時までエレベーターが止まるので、その時間にいるようなら、食べ物とか用意した方が良い、とアドバイスを受けた。そういうフェーズに入ってしまったということか！

葬儀屋の担当者がマンションの部屋に来て、葬儀の打ち合わせをした。葬儀の打ち合わせかあ！　ヨーコは花粉症のせいか、「ユリとか菊とかは駄目よ。私の時はバラにして頂戴」と言っていた。葬儀屋にそう言うと、すでに標準としてバラの祭壇の設定があるという。それにした。

ヨーコは病気になるずっと前から私に言っていた。

「パパは、一日でも、一時間でもいいから、私より後で死ぬのよ。分かった⁉」

その時私は、「はい、はい」と言いながら、タバコは止めず、酒を毎日欠かさず飲んでいる私の方が絶対先だよなあ、と思っていた。こんなことになるとは……！

これで葬儀の準備はできた。葬儀の準備ねえ！

ヨーコの病室に行く。看護師が、ヨーコはトイレで立つのが難しいから、尿管を入れてはどうか、と提案してくれていた。ヨーコは一回目の入院の時尿管を入れたが、痛かったのでどうしても嫌だと言って拒否していた。それでオムツをすることになった。

筆談もベッドに寝たまま書くせいか、判別できない文字が多くなってきた。


九月二十六日。

ベッドに腰掛けるように起きたい、とは言わなくなった。電動ベッドで上半身を起こし、ずっと寝たきりだった。お茶、リンゴジュース、コーヒーを立て続けに飲む。ベッドで飲むわりには案外上手に飲んでいた。

もう筆談の字は半分以上分からない。「読めないよ」と言うと、怒ったように同じ文字を書く。判別できることもあったが、分かった振りをして頷いたりもした。


九月二十七日。

この日もベッドから起きなかった。飲み物が欲しいというので、お茶とコーヒーをスポイドに入れてヨーコの前に用意した。お茶を一口飲んだだけだった。

左腕がむくんでお相撲さんのようになってしまった。右腕は骨と皮だけに痩せてしまったのに！　左腕のむくんだところを揉むと、「気持ちが良い」と言うので小一時間揉んだ。

オムツをしたがお小水は出ないという。

〝人生最大の屈辱！〟と書く。

〝今週が山場よ！〟

〝ここを乗り越えて先に行ければ！〟

とも書く。そんなこと書くなよ！

看護師がやってきて、尿管を使うことを説得してくれた。前に入れた時痛かったから嫌だ、とヨーコが言った。

「もし痛ければ、私が責任をもって抜きますから」と看護師が言ってくれ、一回やってみるということになった。私はそこで退出した。

九月二十八日。
その日、ヨーコはお茶もコーヒーも飲まず、欲しいとも言わなかった。
医師と二度ほど話をした。ヨーコの容態はだいぶ悪くなっているとのことだった。
病室に三人の看護師がやってきた。天気が良いので、ヨーコをベッドに乗せたまま
バルコニーに連れていってくれるという。
私も一緒に、と言われたので、一緒にバルコニーに行った。風もなくいい天気の日
だった。日差しが暖かい。そこから見える海が穏やかでいい眺めだった。看護師が私
のスマホで、ヨーコと私のツーショットの写真を撮ってくれた。うん？
ヨーコはピースサインをした。息子のおかげで髪の毛が残っていてよかったね！
ヨーコはノートに、〝みんなに良くしてもらっている！〟と書く。
判別ができる字だったので、それを看護師たちにも見てもらった。
帰る時、病棟の入口近くにある、デイルームと呼ばれる談話室のようなところで、看
護師から、パンフレットのようなものをもらい、『最後の日』の説明を受けた。

そういうことか！

最後の日の衣装は、こちらで準備すれば、それを着せてもらえるということだった。

九月二十九日。

最後の日の衣装を取りに家に帰った。ヨーコはドレスのようなものを沢山持っており、私もあれがいいんじゃないかというものがあった。いろいろ探してみたが、目当てのドレスは見つからなかった。そういえば、「もう着られなくなった」と言って知り合いのお姉さんにいろいろもらってもらった、と言っていた。当てが外れた私は、ヨーコの衣装ケースをいろいろ探した。ＹＵＫＩ・ＴＯＲＩＩのタグが付いた、薄いピンク色のドレスを見つけた。まだ真新しい。一度も着たことがないようだった。若い時買ったきり着ていないらしい。ピンクだし、半袖？だし、と思い、他にも少し地味そうなものを三着選んで持って帰った。病院に行って、看護師に聞くと、そのピンクのドレスが良い、と言われたので、それにすることにし、病室のロッカーに収めた。

ヨーコはうつろな表情でベッドに寝ていた。時々目をつむったり、びっくりしたようにあの大きな目をさらに大きくしたり、眉をしかめたりしていた。何を見ているんだろう？　怖いものでなければいいけど！　声をかけたり、手をさすったりしても反応はなく、私のことは分からないようだった。ソファーに座ってヨーコの様子を見ていた。何の反応もない。そんな状態で部屋に長くいるのは苦痛だった。一時間ほど見ていたが同じ状態だった。もう帰ろうと席を立ち、ヨーコに向かって、「ママ、バイバイね！　明日また来るね！」と言うと、ヨーコは手を挙げて、バイバイした。分かるのか、と思い、もう一度近寄って、「バイバイね！」と言って手を振ったが、もう反応はなかった。

九月三十日。
ヨーコは寝たきりだった。昨日より呼吸が少し荒くなったような気がする。目をつむったり、たまに大きく見開いたり、眉をしかめたりしている。呼びかけても、手をこすっても反応はなかった。大きな声で話しかけると、一瞬目を大きく開けるだけだった。

息子が来てくれた。息子が近寄って声をかけると、頷いたように見えた。

途中で看護師が来て体を拭いてくれるというので、部屋を出た。戻ると、パジャマが浴衣に変わっていた。

病棟の入口近くの小さな診察室で、医師と息子と私で話をした。医師は、「水や食べ物を胃ろうから入れるとかえって負担になるから控えている」と言った。ますます痩せちゃうね！　ヨーコの寿命に関して、医師は一週間ぐらいか？と言った。息子は、一両日かもしれませんね、と言った。えっ、そうなの？　そういう風には見えないけど、思いたくもないけど！

病院から帰る時、息子が言った。

「呼吸するのが精一杯で、聞こえても反応する余裕がないのかも？」

十月一日。

昨日と同様、ベッドで寝たきりだった。声をかけると時折目を大きく開けるが反応はそれだけだった。よく考えると苦痛でもがいているより良かったのかもしれない。緩和ケアのおかげだ！

布団から外に出ている手が冷たい。手を握って温めた。寒いといけないので、出ている手にタオルをかけるが、それが嫌らしく、すぐはねのける。ある意味これが反応かも？　心なしか昨日より呼吸が楽そうに見えた。ベッドをもう少しクッションのいいものに替えてくれるというので、そこで退散することにした。

帰りしなに、「ママ、バイバイね」と言うとヨーコは手を挙げてバイバイしてくれた。聞こえているのだろうか？

夜息子が来てくれたので、再度病院に行った。ヨーコは昼間と同じで我々には反応しない。目をつむったり、大きく開けたり、眉をしかめたりしていた。目を大きく開けた時は何かにびっくりしているような表情だった。息子が言った。

「三途の川をさまよっている感じだね」

……！

その日息子がいろいろ食べ物を買ってきてくれたので、マンションの部屋に戻り二人で食事をした。息子の今の職場の話等もしたが、主にヨーコの病気の話をした。息子が言った。

「大学の乳がんの授業の時、乳がんになって花が咲き出しても（花が咲くとは外観で見え始めるということのようだ）、放っておいて手遅れになってから来る患者がいるという話があった。そうなると、自分の体だと思いたくなくなるらしい。その時、うちのママならそうなりそうだな、と思った」

本当、そうなっちゃったね！　でも乳がんの方は順調に小さくなっているんだけどなあ！

「舌がんの方は、ないとは言わないけど滅多に見ないような進行の速い奴だよ」。息子が言った。

そうなのか、なんだかなぁ！　リンパに乗らなければ良かったのになぁ！

「ママのベッド空いているけど、今日泊まっていく？」

「明日も仕事があるから帰る」

夜遅く息子は帰っていった。


十月二日。

ヨーコは昨日と同じで目を大きく開けたり、眉をしかめたりしていた。その部屋には、クラシック音楽を流す装置がついていた。入院したての時、ヨーコは気になるから音楽を消してくれ、と言うのでその装置はオフにしていた。ヨーコは全ての音がドレミで聞こえるというから、何気なく聞き流す私と違って疲れるらしい。病気になる前も、ヨーコが疲れている時、私が何か音楽を聴き始めると、「パパ悪いけど、それ消して頂戴」と言っていた。

そこで試しに装置をオンにして音楽を流し始めた。良きにつけ悪しきにつけ何か反応があることを期待したが駄目だった。何の反応もなかった。一時間ほどいて帰った。

十月三日。

ヨーコの様子は昨日と同じ。呼吸の間隔が長くなったような気がする。完全に私と視線が合ったと思った時、私が動いても視線は追わない。スーツケースなどもう使うことがないだろうと思えるものを持って帰ることにした。帰りしなに、看護師が私に、「血中酸素濃度が九十九になりました」と話してくれた。

九十九？　問題なんだろうか？　新型コロナ患者のニュースではもっと低い値を言っているけど。

十月四日。

昨日と同じで、ヨーコは私のことは気付かない。タンが詰まったようなので、看護師を呼んでタンを吸引してもらった。その後看護師が三人やってきた。ヨーコの体を拭いてくれるというので私は病室を出、デイルームで待った。再び戻って、冷蔵庫の中の飲み物を少し片づけた。

ヨーコに近寄り、「ママ、バイバイね、明日また来るね」と言って部屋を出ようとした。看護師が私を呼び止めて言った。「血圧が少し下がっています」と。

????

夜の九時半ごろ、病院から電話があった。ヨーコの血圧が下がり脈もとれないという。これから病院に来れないか、ということだった。私はすぐ行きますと答えた。ただ、その時間、いつものエレベーターは止まっているので、どうしたら良いか尋ねた。守衛室に行けば、案内してくれるよう、手配してくれるということだった。

急いで病院に行き、守衛室で名を告げた。少し待つと、別の人がやってきて案内してくれた、初めてのルートで、見知らぬ扉を開け、初めて見るエレベーターホールに案内された。手術後患者をベッドに乗せ搬送する専用エレベーターのようだった。エレベーターが着くとそれで病棟に上がるということだった。大きなエレベーターだった。当該階で降りたは良いが、どのドアを開ければ良いのか分からなかった。エイヤ、と一つのドアを開けると、幸いにもいつも通っている緩和病棟に向かう廊下に出た。インターホンで名を告げ、入口の扉を開けてもらった。

すぐさまヨーコの部屋に入る。看護師が一人付いていてくれた。ヨーコはいつものようにベッドに横たわっていた。呼吸が荒い。しかも、五回に一回、一分ほど呼吸が止まる。そしてまた呼吸が復活する。それを繰り返していた。こういうのを青息吐息というんだろうか？　私はＬＩＮＥでヨーコの状況を息子に伝えた。息子からすぐ行く、という返信がきた。私は看護師に、「息子がすぐ来るそうですから、ここに上がる手配をお願いします」と言った。そして息子に、そこに上がってくる手順を伝えた。

私が看護師に頼んだ声が聞こえたのだろうか、その時からヨーコの呼吸は、途中で止まることがなくなった。少し間隔は長いが一定間隔で呼吸をするようになった。あれ、息子に嘘を言ったことになったかな？

息子がやってきた。今日は長くなるかもしれないと、飲み物やらいろいろ買い込んできてくれた。

ベッドの横のソファーに息子と並んで、ヨーコを見ていた。ヨーコの呼吸はだんだん荒くなっていった。

息子がやってきてから十分後に、ヨーコは逝った。

息子を待っていたとしか思えない。


ヨーコは結婚当初から、霊とかそういうものが見える人だ、と言っていた。電車に乗っている時に、向かいの席に座っている人について、「あら、あの人の上に二人も乗っているわ。重くないのかしら?」などと言うことがあった。何を言っているんだ、この人は!と私は思っていた。

息子が小学生の間、ヨーコと私のベッドの間に息子のベッドを入れ、キングサイズベッドのようにして、いわゆる『川の字』になって寝ていた。息子が中学生になったその日、彼のベッドは彼の部屋に移動になった。

息子がまだ小学校低学年だったある朝目覚めると、ヨーコが彼女のベッドから言った。

「昨日の夜、パパのおばあちゃんが来たわよ」

「えっ？」

「サザエさんみたいなもじゃもじゃの髪の丸顔で眼鏡をかけていて、絣の着物を着ていたわ。足は見えなかった。パパもあの子もぐうぐう寝ているのよ。私が起こしましょうか？と言ったら、首を横に振って消えたの」

その姿は私の祖母の普段の姿そのものだった。それまでヨーコは一度も私の祖母に会ったこともないし、写真を見たこともなかった。その日、田舎の母から電話があった。祖母が亡くなったと。

祖母の葬儀から帰った時、私は家のカギを持っていかなかったので、家の玄関のチャ

イムを鳴らした。ヨーコがカギを開け玄関の扉を開いた。私が家に入ろうとすると、

「パパ、ここでちょっと待っていて」と言って大急ぎで台所に走った。塩を持ってきて、私に振りかける。しばらくして、私に言った。

「パパ、もう入っていいわよ。パパは二人もつれてきたのよ。よーくお願いして帰ってもらったわ」

本当!?

その時から、ヨーコのその手の話に関して、私は、全疑から半信半疑になった。

「俺も見てみたいなあ」。ある時私が言った。

「パパみたいな人は無理よ!」

どんな『みたい』だ!

私に、ヨーコより後から死ぬように、と言った時も、

「大丈夫よ、私、いつでも出てこれるから」と言って笑っていた。

でも、私が見えないんじゃ、意味ないよなあ!

今も、こんな文章を書いている私の後ろで、「そんなもの書かないでよ。恥ずかしい、やめて頂戴！」と言って私の頭を叩いているかもしれない。あるいは、私の横から一緒にＰＣを覗き込んで、「パパ、ここ違っているよ。本当、いい加減なんだから」と言って笑っているかもしれない。

もしそうなら、『ソフィーの世界』の最後のように、風もないのにカーテンを揺らすとかして、私に気付かせて欲しい。

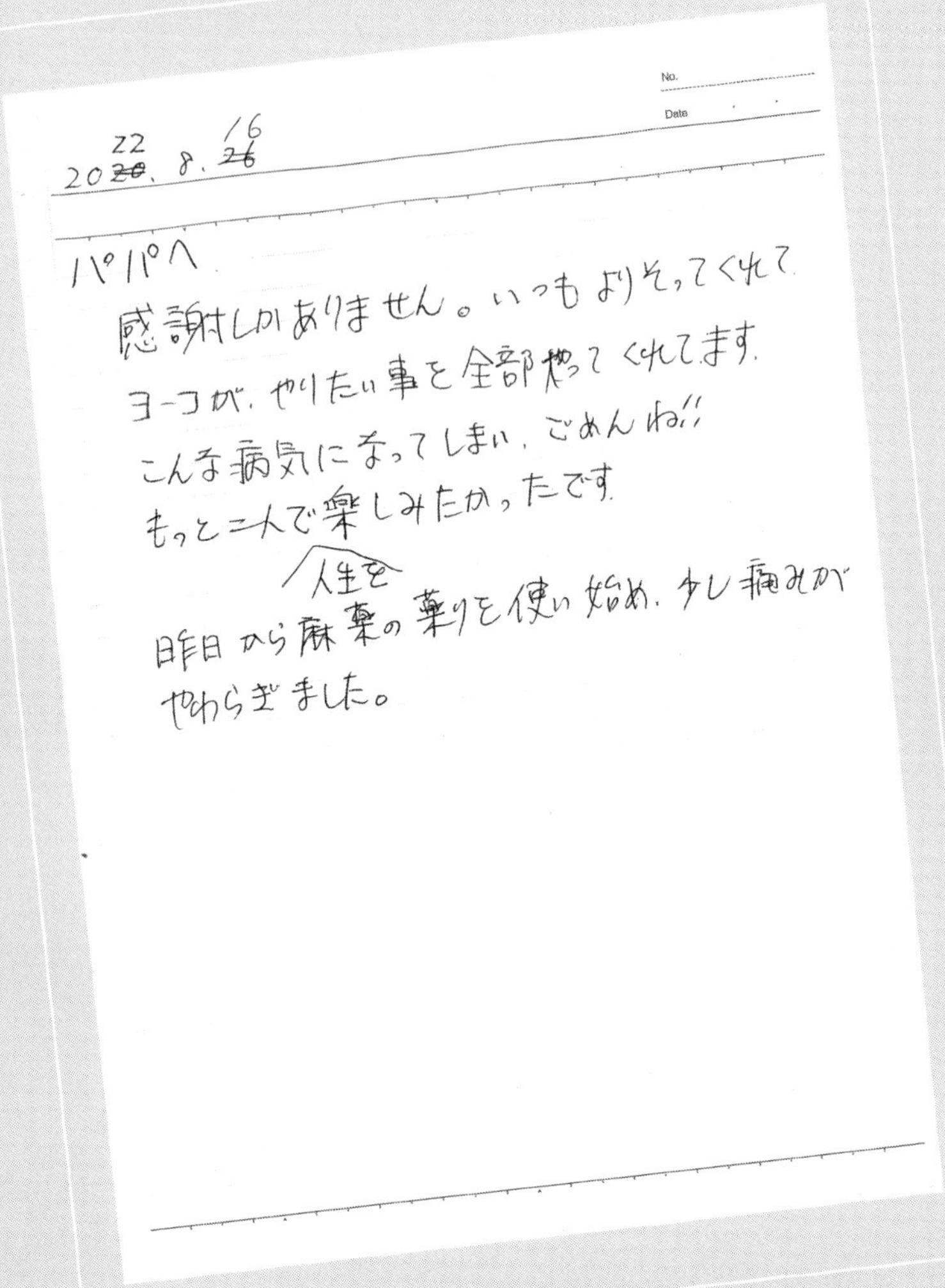

No.

Date

20~~20~~22. 8. ~~26~~16

パパへ

感謝しかありません。いつもよりそってくれて

ヨーコが、やりたい事を全部やってくれてます。

こんな病気になってしまい、ごめんね!!

もっと二人で人生を楽しみたかったです

昨日から麻薬の薬りを使い始め、少し痛みが

やわらぎました。

〈著者紹介〉
雄獅戸技闇（おしと わざやみ）
1954年生まれ
大学院修士課程卒業後会社員
60歳にて定年退職、以降無職

ヨーコちゃん、どーした⁉

2024年7月31日　第1刷発行

著　者　　雄獅戸技闇
発行人　　久保田貴幸

発行元　　株式会社 幻冬舎メディアコンサルティング
〒151-0051　東京都渋谷区千駄ヶ谷4-9-7
電話　03-5411-6440（編集）

発売元　　株式会社 幻冬舎
〒151-0051　東京都渋谷区千駄ヶ谷4-9-7
電話　03-5411-6222（営業）

印刷・製本　中央精版印刷株式会社
装　丁　　弓田和則

検印廃止

ISBN 978-4-344-69118-6 C0095
幻冬舎メディアコンサルティングＨＰ
https://www.gentosha-mc.com/